HISTORIAS DE EURÍPIDES

HISTORIAS
DE
EURÍPIDES

NARRADAS A LOS NIÑOS
POR
MARÍA LUZ MORALES

Con ilustraciones
de
J. CAMINS

EDITORIAL PORRÚA, S.A.
AV. REPÚBLICA ARGENTINA, 15
MÉXICO, 1993

Primera edición "Biblioteca Juvenil", 1993

Copyright © 1993

Las características de esta edición son propiedad de la
EDITORIAL PORRÚA, S. A.
Av. República Argentina 15, 06020, México, D.F.

Queda hecho el depósito que marca la ley

Derechos reservados

ISBN 968–452–671–7

IMPRESO EN MÉXICO
PRINTED IN MEXICO

PRÓLOGO

Un filósofo célebre, que era además un hombre bueno, decía siempre que, salvo las fuerzas ciegas de la Naturaleza, todo cuanto conocemos había tenido su origen en Grecia. Quería con esto significar que el pueblo heleno había sido dotado de tan alto caudal espiritual, que difícilmente podrá hallarse matiz alguno del espíritu que ellos no hubieran ya conocido y cultivado.

He aquí porque el conocimiento del arte que los griegos nos dejaron, en todas sus manifestaciones, y el de la literatura, y el teatro dentro de ella, muy especialmente, son eternas fuentes de eterna belleza. En Grecia se hallaron las normas de todas las artes (de ahí que la literatura helénica sea la primera literatura clásica) que después han podido desdeñarse, a veces, pero jamás superarse. Como ya hemos dicho, el teatro halló también en Grecia sus eternas normas, y aun en nuestros días la obra dramática más perfecta es la que menos se aparta del modelo griego. Entre las obras de teatro de la Grecia clásica, son alternativamente las más discutidas y las más celebradas, éstas de Eurípides, que este libro escrito para vosotros, queridos niños, va a relataros. Es por ello conveniente que las conozcáis, siendo, como son, muy bellas.

Eurípides nació en Salamina, donde sus padres se

7

habían refugiado huyendo de la invasión de Jerjes, el año cuatrocientos ochenta, antes de Jesucristo. Era oriundo de la Beocia y la condición de su familia en Atenas no fue muy distinguida, pues, si hemos de creer a Aristófanes, su madre era verdulera. La consideración y las riquezas de que en Atenas gozaban los artistas, inclinó a Eurípides a consagrarse en su juventud a la pintura y más tarde a la filosofía y a la elocuencia. Fue discípulo de Anaxágoras y gran amigo de Sócrates. En su vida privada fue bastante infortunado, y sufrió innumerables disgustos de los cómicos atenienses, huyendo de los cuales, sin duda, se retiró dos años antes de su muerte a la corte de Arquelao, rey de Macedonia, que le brindó protección y amistad. Este monarca generoso le levantó un sepulcro magnífico, oponiéndose a los deseos de los atenienses, que querían transportar al Ática sus restos mortales.

Las obras de Eurípides, como ya hemos dicho, fueron discutidísimas en su tiempo, y siguen aún siéndolo. Aristóteles le llamó el trágico puro, Menandro y Filemón le preferían a Esquilo y a Sófocles y en cambio Aristófanes le ridiculizó ásperamente en multitud de obras y muy especialmente en "Las Ranas".

La discusión dura todavía, pero nosotros no hemos de seguirla. Continuando nuestra tarea de relataros, queridos niños en forma clara y sencilla las obras maestras que son para la humanidad orgullo y deleite, nos detendremos cuanto vuestra paciencia y nuestra habilidad nos permita en los clásicos griegos —de los que forma parte principal Eurípides— porque en la trama de sus fábulas, en las pasiones que en ellas se agitan,

*en las ideas que en ellas se expresan, en lo externo y lo
interno, en el fondo y en la forma, encontramos algo
eterno que queremos enseñaros a conocer, y por lo tanto
a amar: la belleza.*

MARÍA LUZ

I

ALCESTES

En aquella época, ya tan lejana, en que los dioses del Olimpo, a quienes adoraban los antiguos griegos, andaban por el mundo adelante, mezclados con los seres mortales, tomando parte en sus desgracias y en sus venturas, en sus penas y en sus alegrías, e igualándose a ellos en las costumbres, en las miserias y en las pasiones, Apolo, castigado por Júpiter, fue desterrado del Olimpo y obligado a venir a refugiarse en la tierra.

Y he aquí que, tras mucho vagar por el mundo sin ser reconocido por nadie, tras mucho padecer y penar recorriendo países, andando caminos, subiendo montañas y descendiendo valles, llegó un día el dios a Tesalia y fue a llamar a la puerta del palacio real, donde habitaba el gran rey Admeto, en compañía de Alcestes, su esposa, y de sus dos hijos. Los esclavos del rey condujeron al recién llegado a presencia del propio monarca.

—¿Qué deseas de mí, bello extranjero? —preguntó Admeto, admirado de la apostura del dios.

—Sólo te pido techo y abrigo —le respondió Apolo— a cambio de los sacrificios que pueda prestarte.

11

—Mis servidores son numerosos; apenas puede alojar ni uno más mi palacio —advirtió el rey—; no te necesito, pues, pero no quiero que, habiendo llamado a mi puerta en demanda de trabajo, tengas que irte igual que has venido. Jamás el techo de Admeto fue inhospitalario. La Tesalia es la patria de todos. Tendrás lo que deseas.

Y, volviéndose hacia sus esclavos, añadió:

—¡A ver! Mostrad a este joven mis rebaños y que él sea quien vaya a apacentarlos desde hoy.

Y, en efecto, desde aquel día Apolo, por cumplir en todo puntualmente el castigo de Júpiter, que le condenaba a servir a un mortal, apacentó los bueyes de Admeto y dentro de los muros del hermoso palacio llevó vida de esclavo y con los esclavos compartió mesa y lecho.

Y cuenta la leyenda que los rebaños escuchaban con deleite los epitalamios que él cantaba y que, atraídos por su lira, llegaban a su lado pintados linces y rojos leones que pacían y triscaban en compañía de los mansos cervatillos.

Y fue la esclavitud del dios tan dulce, tantas y tantas las bondades con que le colmaron el noble Admeto, y Alcestes, la gran reina virtuosa, y los dos principitos, y hasta los servidores y esclavos de palacio, y los amigos y huéspedes del rey, que el bello Apolo juró, por Júpiter, su padre omnipotente, que cuando le fuera dado volver a ocupar su legítimo lugar, había de proteger al rey de Tesalia y a los suyos, contra todo peligro y de todo dolor.

Y así fue. Llegó el día en que Apolo fue per-

donado por Júpiter y el bello pastor abandonó
el cuidado de sus bueyes y desapareció del palacio de Admeto y volvió a reinar en el Olimpo,
como dios. Y desde entonces toda clase de bie-
nandanzas cayeron sobre el feliz reino de Tesalia. Porque Apolo cumplía su juramento prote-
giendo en todo al buen rey.

Un día, sin embargo, el rey de Tesalia, mortal
al fin, se sintió herido de muerte. Apolo, una vez
más, intentó salvarle, porfió, luchó con las Parcas[1], consiguió engañarlas y, al fin, pudo lograr
de ellas una promesa, que Júpiter confirmó. El
rey vería alejarse a la muerte de su cabecera si
ofrecía a Thanatos[2] otra víctima en substitución
de la que Apolo le arrebataba; Admeto gozaría
de larga vida si encontraba quien diera la suya
por él.

Apolo, gozoso de haber podido salvar la vida
al monarca, que tan benévolo había sido un día
con él, cuando se mostró con la figura de un
pobre pastor, hizo saber a las gentes de palacio
lo que de las Parcas y de Júpiter había logrado,
preguntó a uno por uno y a todos juntos, cuál
era capaz de dar la vida por la de su rey. Creía
el dios que los servidores y esclavos de Admeto,
con quien éste había prodigado tantas y tantas
bondades, no se negarían; que los fieles amigos
que tantas protestas de devoción solían hacerle,
cumplirían el sacrificio gustosos, que los padres

---

1 Según la Mitología, las parcas eran tres hermanas; Cloto,
Láquesis y Atropos, con figura de viejas; la primera hilaba, la segunda
devanaba y la tercera cortaba el hilo de la vida del hombre.

2 La mensajera de la muerte.

del monarca, cuya edad avanzada poco les prometía ya en esta vida, no temerían morir con tal de que viviera él.

Mas, al conocer la proposición del dios y la condición de las Parcas, los esclavos y servidores enmudecieron; los fieles amigos volvieron la espalda, y los ancianos padres de Admeto dijeron:

—Por corta que sea la vida, es, no obstante, dulce. Ni nuestros padres ni los griegos nos han enseñado ley ninguna, según la cual deban morir los padres por los hijos. La vida mortal, sólo se vive una vez.

Y he aquí que, en esto, una bellísima aparición deslumbró a todos los presentes y aun al mismo Apolo, y una voz, dulce como las músicas que entonan los ángeles, pronunció estas palabras:

—Nadie debe sacrificarse sino aquel que ame más. Admeto no morirá, para gloria de los dioses y bien de su pueblo. Yo doy mi vida por la suya.

Era Alcestes, la virtuosa reina de Tesalia, la abnegada esposa del rey.

Y llegó el día en que Alcestes tenía que morir. Todo era luto en la Tesalia, todo dolor en el espléndido palacio de Admeto. Las lágrimas surcaban todos los rostros; sólo se escuchaban lamentos en la ciudad de Féres.

En vano el dios Apolo permaneció día y noche a la puerta del palacio para disputar su presa a la muerte. Thanatos, la lúgubre mensajera, no concedió tregua ni tuvo piedad. Burlada en su intento de llevarse a Admeto, se negó a dar ni un día más de vida a la generosa mujer que daba la suya por él. Cubierta de negros velos, de los que surgía el rostro cadavérico y descarnado, empuñando la fatídica guadaña, la mensajera obligó al dios a dejarle paso.

—¿Qué buscas aquí, Apolo? —preguntó con voz ronca—. ¿Qué haces junto a este palacio? ¿Por qué empuñas el arco, en actitud de lucha, cerrándome la entrada en esta casa? ¿Aún te atreves a disputarme mis privilegios después de impedir, con pérfido engaño, la muerte de Admeto? ¿Intentas, acaso, defender contra mí a la reina Alcestes, que ha prometido sacrificarse por su esposo? ¿Por qué te empeñas en socorrer, contra toda ley, a los habitantes de este palacio?

—Compadezco las desdichas de un hombre noble y a quien quiero —dijo Apolo—. ¿Tratas de arrebatarme a este muerto también?

—¿Te he arrebatado acaso alguno?

—¿Cómo, pues, no está Admeto debajo de la tierra?

—Porque su esposa Alcestes juró morir por él.

—A buscarla, pues, vengo, y estoy en mi derecho: ni tú ¡oh, Apolo! ni el mismo Júpiter podrá impedir que me la lleve a las mansiones subterráneas.

Y Apolo suplicó aún.

—Llévatela, Thanatos. Tuya al fin ha de ser un día u otro... Pero no ahora que es joven y hermosa, que es la dicha de su pueblo y la alegría de su esposo. Sus hijos son aún pequeñitos. Aguarda Thanatos, a que la ancianidad la haga encaminar sus pasos hacia ti.

Detrás del negro velo, se escuchó una sorda carcajada. Y dijo la lúgubre mensajera de la Muerte.

—La muerte de los jóvenes es ¡oh, Apolo! mi gloria. Tengo derecho a esta presa y no he de cederla a nadie ni por nada. ¡Ya sabes quien soy!

—¡La odiada de los mortales y de los mismos dioses! Pero al fin cederás. Hacia Féres se encamina ahora un héroe que se dirige a Tracia donde debe conquistar los caballos de Diomedes.[3] Hércules solo es capaz de arrancar a Alcestes de tus garras, de grado o por la fuerza.

—¡Bella es tu fantasía, Apolo! Puedes seguir hablando cuanto quieras. La reina, en tanto, descenderá conmigo al imperio de las sombras. ¡Es mía, mía! Voy a empezar la ceremonia fúnebre cortando con mi guadaña sus cabellos. ¡Atrás Apolo! ¡Paso franco!

Y la luz que rodeaba a Apolo se desvaneció, así como el dios mismo, y la mensajera de la Muerte penetró en el palacio. Y se renovaron dentro de la regia mansión los llantos y las lamentaciones.

Porque el soplo de vida que animaba a la reina, era tan débil ya, que bien podía imaginársela ya muerta. A su cabecera su esposo se mesaba los cabellos y los niños lloraban. Y las esclavas se relataban unas a otras los sucesos pasados y hacían grandes elogios de la abnegación de su

---

3   Se refiere a Hércules, uno de cuyos famosos trabajos según la Mitología, fue apoderarse del carro y los caballos de Diomedes, rey de Tracia, que se alimentaban de carne humana.

...atraídos por su lira, llegaban a su lado...

señora al mismo tiempo que lamentaban su triste muerte.

Porque cuando la reina comprendió que era
llegado el día de su sacrificio, bañó su blanco
cuerpo con agua purísima, y sacando de sus ar-
cas de cedro ropas y joyas, se vistió con elegancia
y oró largamente ante todas las aras de palacio,
deshojando en ellas ramas de mirto verde, sin
gritar, sin gemir, sin que su semblante se altera-
se un punto al llegar la hora funesta. Entró después en el aposento nupcial y allí sí que no pudo
contener sus lágrimas; sus dos hijos lloraban
también cogidos a los vestidos de su madre y ella
los besaba, abrazando ya al uno, ya al otro, como
aquel que de los suyos se despide para siempre.
Todos los esclavos y servidores lloraban también
compadecidos de su dueña y ella, cariñosa, para
todos, hasta para el más humilde, tenía una frase
de consuelo.

Su cabeza se inclinó, como la flor tronchada.
Con débil voz dijo a su esposo:

—Rey Admeto, esposo mío: un solo don quiero pedirte, a cambio de la vida que te doy. No
vuelvas a casarte; no des madrastra a mis hijos.

Y Admeto, con voz que el dolor quebraba,
respondió:

—Se hará como tú lo deseas, ¡oh, Alcestes generosa!, tú sola habrás sido llamada mi esposa;
ninguna otra mujer ocupará tu lugar, pues no
existe ninguna que pueda igualarte ni en noble-
za, ni en virtud, ni en belleza. Sólo pido a los
dioses, ya que me privan de tu compañía, que

me dejen gozar largos años la de los hijos que me has dado.

La Mensajera de la Muerte echó su negro velo sobre la reina Alcestes. Y todo en el palacio de Féres fue ya desolación y llanto.

Y sucedió que, como Apolo había dicho a Thanatos, la siniestra, un héroe de fuerza y poder invencible se dirigía hacia aquella ciudad de la Tesalia. De muy lejos venía, tras haber cumplido pruebas tan duras, trabajos tan heroicos como jamás hasta entonces se cumplieran. Era Hércules.

Halló el héroe la ciudad toda enlutada. A las puertas de palacio los ancianos, sentados en los blancos escalones o apoyados en sus báculos, suspiraban pensando en el dolor que a su rey afligía.

Sin advertir su gran abatimiento, Hércules, animoso y fuerte, se llegó hasta ellos.

—¡Nobles de Tesalia! —gritó con voz sonora—. ¿Queréis decirme si encontraré al rey en su palacio?

—Dentro de sus muros lo hallarás —contestó el más viejo de todos.

Y al reconocer al héroe se inclinó profundamente, exclamando:

—¡Sí, es Hércules! Mas, di: ¿qué es lo que te trae ¡oh héroe! a la ciudad de Féres?

—Dar remate a uno de los trabajos que me impone Euristeo, rey de Tyrinto.

—¿Y adónde vas?

—A apoderarme del carro de cuatro caballos del tracio Diomedes.

—¿Sabes que la lucha ha de ser dura?

—No será la primera.

—¿No sabes que esos caballos despedazan al hombre y se nutren con su carne?

—La carne humana es pasto de las fieras del monte, que no de los caballos.

—Sus establos verás teñido de sangre.

—No me asustan. Jamás retrocedí ante peligro alguno, e igual que cumplí los otros, cumpliré éste.

Y he aquí que, al rumor de las voces, entre las que había reconocido la del héroe, Admeto salió del palacio y fue al encuentro de aquel ilustre huésped de Tesalia. Cuando el rey de Féres iba al árido país de Argos donde Hércules vivía, el héroe cumplía con él extremadamente todas las leyes que la hospitalidad impone. Y en aquel momento en que su corazón se desgarraba de dolor, Admeto no podía dejar de cumplir también con su deber hospitalario. Pero Hércules notó que el dolor se cernía sobre el palacio, y viendo afligido al rey su amigo, en poco estuvo que se negara a entrar. Entonces Admeto, selló sus propios labios para que no dejaran exhalar una queja, calló su pena y ordenó a sus criados que con toda pompa condujeran al extranjero al aposento de los huéspedes y que allí le atendieran con el mayor regalo. Les ordenó también que cerraran lo mejor que pudiesen las puertas que comunicaban con el palacio para no contristar al héroe con sus lamentos ni interrumpir con la expresión de su dolor su opípara cena. Así el rey Admeto, por cumplir con las leyes de la hospitalidad, encerraba el dolor inmenso, que la muerte de la reina le causaba, en lo más profundo de su pecho.

Así Hércules fue conducido a su aposento e instalado en él regiamente, ante una mesa rebosante de manjares riquísimos, y frutos exquisitos, y vinos deliciosos.

Un mullido lecho le ofrecía su blandura también. Una esclava pulsaba las cuerdas de la lira, mientras otra, aunque con el corazón destrozado por la muerte de su ama y señora, recreaba al héroe con sus cánticos. Porque así lo había ordenado el rey.

Y en tanto, en la parte opuesta del palacio, el rey y sus hijos y siervos se lamentaban amargamente de su triste suerte. El fúnebre cortejo que conducía el cadáver de la abnegada Alcestes, salía de la regia mansión.

Hércules, como ya hemos dicho, había cumplido ímprobos trabajos; estaba rendido, falto de descanso, necesitado de alimento y de alegría. Por ello al verse en aquella estancia, ante aquel lecho y sentado a aquella mesa, olvidó la tristeza y el luto que había creído advertir en su huésped y se dispuso a gozar de cuanto tenía delante. Llamó a los esclavos para que le sirvieran, comió con el mejor apetito, tomó en su mano la copa de yedra, bebió el vino puro de negra uva hasta que sus ardientes vapores lo envolvieron, y coronó su cabeza de ramas de mirto, cantando, al mismo tiempo, alegres canciones. Así se oía en palacio una doble melodía; la que el despreocupado huésped entonaba, y la de aquellos que lloraban a su soberana.

Sólo los esclavos que a Hércules servían hacían inauditos esfuerzos por contener el llanto. Porque así se lo había mandado su amo...

Mas he aquí que una de aquellas esclavas miraba al que juzgaba imprudente huésped, con ojos tan torvos que el héroe no pudo menos de advertirlo.

—¿Por qué me miras de modo tan inquieto y rencoroso? —le preguntó airado—. ¿No sabes que los servidores tristes no agradan y que sólo son gratos a los huéspedes aquellos que les tratan con cortesía? Tú, por el contrario, ves delante de ti a un amigo de tu dueño y te muestras a él con rostro compungido. Acaso porque el amo está contrariado os empeñáis todos en fingir que la pena os mata para mejor congraciaros con él... Vamos; deja a un lado esas hipocresías y ríe, ríe y bebe conmigo, bella esclava... ¡Corónate de rosas! ¡Que brille tu mirada limpia de lágrimas! ¡Que tus labios se arqueen en dulce sonrisa! ¡Ríe, ríe!...

Pero la esclava, desprendiéndose de la mano con que el héroe intentaba retenerla, se echó a llorar desconsoladamente:

—¡No puedo reír! —clamó—. ¡No puedo... aunque el mismo rey lo mande!

—No comprendo tu dolor. Mientras tus amos, los dueños de este palacio, vivan... —empezó a decir Hércules.

Y la esclava comprendió entonces que el ilustre huésped no sabía nada de su gran desventura.

—La bondad de mi amo con sus huéspedes es, en verdad, excesiva —dijo, deshecha en llanto.

—Pues, ¿qué ocurre en el palacio? ¿Ha muerto acaso Féres, padre de Admeto, o tal vez alguno de sus hijos?

—¡Ojalá fuese así, oh poderoso héroe! Porque los padres de mi rey son ya ancianos a quienes no ha de tardar en reclamar la muerte, y sus hijos no han de vivir sin la madre que les falta. ¡Porque es la esposa de Admeto la que ha muerto!

—¡La reina Alcestes!

—¡La reina más bondadosa, la esposa más abnegada y fiel que haya existido! Al herirla a ella, la Muerte nos ha herido a todos los que tanto la amábamos.

Hércules arrancó de su cabeza la corona que la rodeaba, y arrojó al suelo la copa que se preparaba a levantar.

—Pero, entonces —clamó—, ¿cómo Admeto no me ha dicho su gran desgracia? ¿Cómo me ha invitado a traspasar sus puertas y me ha ofrecido sus manjares, sus músicas, sus esclavos y su vino? ¿Cómo tú, ¡mísera esclava!, no me dijiste antes el gran dolor que le afligía?

La esclava entonces, con voz que rompían las lágrimas, relató al héroe cuanto había ocurrido: la protección de Apolo hacia sus amos, su lucha con las Parcas para salvar a Admeto de la muerte, la promesa de Júpiter de que el rey se salvaría si encontraba quien diera su vida por la de él; la abnegación de Alcestes, su muerte, el dolor de su esposo y de todos los suyos... Y cómo al llegar el huésped, el rey Admeto, por no faltar a la ley de la hospitalidad dejándole pasar de largo, o entristeciéndole con lamentaciones, había ordenado que se le atendiera regiamente, sin darle cuenta, por no amargar su estancia en el palacio, de la pena que a todos afligía.

Hércules entonces se acordó de quien era. Clamó:

—¿Y he podido embriagarme y entonar alegres canciones y coronar mi frente, cuando aquel que tan noble es conmigo gime bajo el peso de la mayor desdicha de su vida? ¿Y puedo permanecer aquí tranquilo cuando la reina más virtuosa, la más digna, la más fiel y abnegada ha dejado de ver la luz del sol? ¡Oh, no! No puede ser... Dime dónde han enterrado a tu ama, esclava; dime dónde podré encontrarla.

Dijo la esclava:

—Fuera de las murallas, en el camino de Larissa, a su derecha, se ve un túmulo de piedra pulida y cincelada. Allí ha sido enterrada la reina...

—Pues allí irán a buscarla mis robustos brazos, mi corazón que a tan altas empresas se atrevió, mi alma que debe probar cómo nació de Júpiter y Alcmena. Voy a salvar a vuestra reina; quiero que la hermosa Alcestes retorne a su palacio. Voy a luchar con Thanatos para arrebatarle la presa que se lleva, y si esto no bastara, hasta el mismo reino de las sombras bajaría, para salvar a Alcestes. Quiero pagar la hospitalidad de Admeto dignamente, y para ello lucharé, si es preciso, con todos los monstruos del infierno y derramaré hasta la última gota de mi sangre. ¡Si

Admeto sabe lo que son los deberes de la amistad, Hércules también quiere demostrar que sabe cumplirlos!

Y blandiendo su formidable clava, echó a correr, dejando asustada a la esclava ante tal ímpetu, atravesó salas y corredores, abrió ante sí puertas, salvó escalinatas, y salió de palacio.

En el palacio de Admeto el duelo seguía. Separado de lo que más en este mundo amaba, el rey no tenía consuelo, y su dolor se redoblaba al pensar que la fiel Alcestes había muerto por su causa, dando su hermosa vida por la de él. Ni sus ancianos padres ni sus tiernos y adorados hijos podían consolarle; ni los consejos y exhortaciones de los ancianos convencerle de que no se abandonase a la desesperación. Porque ésta era tal, que ya sólo pedía a los dioses que le condujesen adonde su esposa reposaba. Y sus lágrimas no tenían término ni su tristeza fin.

Y he aquí que, de pronto, se levantan los ancianos y van al pie del trono donde el rey lloraba desconsoladamente.

—¡Señor, señor!, —le dicen—. Contén tus lágrimas, que el valeroso Hércules, hijo de Júpiter y Alcmena, retorna hacia palacio.

Antes de que el monarca pudiera aprestarse a recibir al héroe, éste había penetrado en palacio y doblado la rodilla ante el rey. Una mujer de esbelta figura y cubierta enteramente con un velo le seguía.

—Rey Admeto —dijo Hércules— quiero hablarte con entera libertad, como nuestra firme

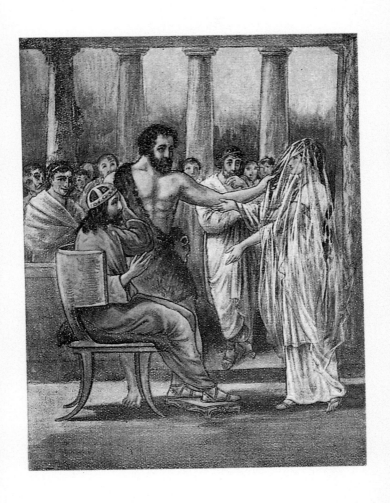

Y arrancando, en aquel mismo momento...

amistad me lo ordena. Me has ofendido grave-
mente, sin querer. Cuando yo llegué a Féres se
había consumado tu desgracia. Llegaba, pues, a
tiempo para compartir tu dolor. El cuerpo de la
reina Alcestes estaba aún en palacio, ¿por qué
callaste? ¿Por qué permitiste que coronase de
mirto mi cabeza y me regalara con manjares y
vinos, creyendo que la alegría reinaba en esta
casa? Cinco veces brindé a tu salud y apuré la
copa hasta las heces. ¡El eco de mi risa debió
llegar hasta tu mismo oído! Fui cruel e inopor-
tuno. Tú tuviste la culpa: de eso sólo me quejo.

Y el rey, al oír la razonada recomendación de
su amigo, bajó la cabeza, tristemente. Al levan-
tarla no pudo menos de fijar sus ojos en la mujer
velada que acompañaba a Hércules. El héroe
siguió hablando:

—Y ahora que he aliviado mi corazón con la
queja —dijo— voy a explicarte por qué vuelvo a
tu presencia. Voy a entregarte un sagrado depósito. ¿Ves esta mujer que me acompaña? Quiero
que la guardes en tu palacio hasta que yo vuelva
con los caballos de la Tracia, después de haber
matado al tirano Bistonio. Porque has de saber
que esta mujer la gané en un concurso de atle-
tas, en legítima lid. No la he robado, pues, sino
que la gané peleando. Sólo en ti tengo confianza
para que me la guardes.

Pero Admeto se negó a lo que el héroe le
pedía.

—No puedo cumplir tu deseo ¡oh, Hércules
potente! Deja a esa mujer en poder de cualquier
otro tesalio, ya que en Féres cuentas con nume-

rosos amigos. Yo he jurado que bajo este techo, que albergó a la noble Alcestes, no se cobijará otra mujer y no puedo faltar a mi palabra. Además, la vista de esa doncella aumenta mi aflicción. Su figura es la misma que la de Alcestes y su cuerpo muy semejante al suyo. Cuando la miro se turba mi corazón y ríos de lágrimas brotan de mis ojos. Por los dioses, quita a esa mujer de mi presencia.

Pero el héroe insistió:

—¡Ojalá pudiera yo bajar al reino de las sombras y, arrancando a Thanatos su presa, devolverte la esposa que has perdido! Mas si eso no ha de ser, sufre con moderación tu dolor y piensa que el tiempo mitigará tu pena y te hará desear nuevas bodas.

—¡Calla, calla! —gritó el rey, con voz potente—. Jamás llamaré a otra mi esposa; jamás faltaré a lo que le he jurado.

—Eso no quita —advirtió el héroe, sonriendo— para que admitas en tu palacio a esta mujer.

—No. Te ruego que te la lleves, héroe.

—Y yo que la guardes en tu casa. Sé muy bien las razones que tengo para insistir tanto en mi propósito.

Y Admeto, bajando la cabeza, cedió, en parte tan sólo.

—Bien. Que se la lleven, pues, mis servidores.

El héroe se echó a reir.

—No. Sólo a ti he de entregártela para que la guíes.

—Guíala tú mismo.

—No. Has de llevarla tú con tus propias manos.

Y al mismo tiempo que esto decía, tomaba la diestra del rey, y la ponía en la mano de la mujer velada.

—Guarda, guarda a esta noble y abnegada mujer; algún día dirás que el hijo de Júpiter es un noble huésped.

Y arrancando en aquel mismo momento, el velo que el rostro de la mujer cubría, aparecieron ante todos los presentes las facciones de Alcestes, así arrebatada por Hércules a la misma muerte.

El rey Admeto apenas podía creer en su ventura, y, por unos momentos, llegó a imaginar que era aquélla una aparición maléfica sin otro objeto que aumentar su desventura. Pero cuando su esposa le miró con aquellos ojos ojos suyos tan bellos y tan dulces, cuando estrechó sus manos y tocó sus cabellos, comprendió que su felicidad era cierta, y su alegría no reconoció límites. Y todo en Tesalia fue alegría y fiestas y contento por haber recobrado a su perdida reina.

Así dice la leyenda que, por cumplir un deber de amistad, arrebató Hércules una presa a la muerte.

Y después, para ir a cumplir sus famosos trabajos, se despidió de los tesalios, y siguió su camino.

II

HÉRCULES FURIOSO

Fue Hércules, según la mitología antigua, hijo de Júpiter y Alcmena, y nieto de Perseo. Fue también el más célebre de todos los héroes, renombrado por su fuerza invencible y su indomable valor. Desde la cuna, sin embargo, fue perseguido por el odio de la diosa Juno, cruel y vengativa, quien quiso hacer pagar al hijo los celos que sentía de la madre, Alcmena. En cierta ocasión, cuando el futuro héroe tenía tan sólo ocho meses, Juno mandó a su cuna dos terribles serpientes para que lo ahogasen. Alcmena, al ver los dos monstruos que amenazaban a su hijo, empezó a lanzar, horrorizada, espantosos gritos, mas entonces se realizó el primer prodigio: el niño se incorporó y estrechando entre sus manos a las serpientes, las ahogó a las dos. Desde entonces el rigor de Juno no dejó de perseguir al hijo de Júpiter.

Cuando Hércules llegó a la juventud, el oráculo de Delfos le ordenó que obedeciese en todo a Euristeo, hijo de Esthenelo, rey de Micenas, y Euristeo, para pacificar el orbe, que gemía bajo la influencia de terribles monstruos, ordenó al héroe los doce famosísimos trabajos que con dichos monstruos debían acabar.

Fue el primero de estos trabajos dar muerte a la hidra de Lerna, que dormía en la laguna y era un horrible monstruo de cien cabezas, de cada una de las cuales al ser cortada nacían otras dos. Hércules llegó a la laguna, tras mil fatigas, peligros y penalidades, combatió con el horrible monstruo y, para evitar la funesta reproducción de las espantosas cabezas, empleó a su escudero Yolao en cauterizar las heridas que él iba haciendo. De este modo evitaba que manase la sangre, de la cual surgían las cabezas. Cuando el último cuello del monstruo estuvo cortado, Hércules mojó en ella sus flechas que desde entonces fueron mortales. Y la gloria del héroe se extendió por el mundo entero.

El segundo trabajo que a Hércules ordenó Euristeo, fue matar al león de Nemea, fiera de monstruoso tamaño, que se escondía en el monte Pretos y desde su guarida devastaba todo el territorio comprendido entre Micenas y Nemea. Muchos héroes valientes habían intentado vencerlo sin poder conseguirlo, pues no se le podía herir con el hierro, con el bronce, ni con las piedras, y, por consiguiente, era preciso luchar con él a brazo partido. Hércules, sin vacilar un momento, no bien recibió de Euristeo la orden, se encaminó adonde se ocultaba la fiera, la persiguió hasta acorralarla en su propia caverna, luchó con el león denodadamente y, al fin, logró ahogarlo entre sus robustos brazos.

La hermosa piel del león de Nemea, sirvió de traje a Hércules durante muchos y muy largos años. En cualquier parte del mundo en que se presentase, le conocían por ese trofeo. Porque la fama de los trabajos de Hércules, ya hasta el último rincón del mundo llegaba.

Después de este trabajo quiso Euristeo que el héroe se apoderase de la cierva de los cuernos de oro que era el azote de los rústicos labradores de la Acaya y de Argos. No fue éste el menor de los trabajos cumplidos por el hijo de Júpiter quien tardó un año en apoderarse de la envanecida cierva de pintada piel y dorados cuernos. Al fin, una noche, pudo sorprenderla y hacer que cayera en sus redes. (Otros dicen que la mató con sus mortíferas flechas). Pero la muerte de la cierva desagradó a Diana, diosa de la caza, y, para aplacar las iras de la divinidad cazadora, tuvo Hércules que ofrecerle el sacrificio de su bella presa.

El siguiente mandato de Euristeo, fue que el héroe se apoderase de los bueyes del temido Gerión. Este Gerión, hijo de Chrisado y de Callirroe y rey de la Erythia o las Baleares, era un robustísimo gigante de tres cuerpos, cuya ferocidad era conocida en el mundo entero. Poseía grandes rebaños de bueyes, a los que alimentaba con carne humana, y para proporcionarles pasto abundante y continuo, tenía que asolar la comarca. Los rebaños estaban, además, guardados por un perro de tres cabezas y un dragón de siete. Ningún héroe de aquellos tiempos, en que andaban tantos por el mundo, se atrevió jamás a arrostrar los invencibles peligros que rodeaban a los famosos bueyes. Sólo Hércules osó llegar a los lugares en que Gerión reinaba, mató al espantoso gigante, luchó con el perro y el dragón y los venció también, matándolos. Después se apoderó de los bueyes.

Libre el mundo de todos estos monstruos horribles, exterminados por el fuerte brazo de Hércules, el héroe más valeroso de la antigüedad, recibió orden el hijo de Júpiter de ir a conquistar los caballos de Diomedes, hijo de Marte —el dios de la guerra— y rey de la Bistonia (Tracia). Como los bueyes de Gerión, los caballos de Diomedes sólo se alimentaban de carne humana, y sangre humana era su bebida. Hércules consiguió apoderarse de ellos, subió en las cuadrigas y logró domarlos, después de matar a su dueño y a los que los guardaban, y tras duro combate con los bistonios, que se oponían a que el héroe se hiciera dueño de los feroces caballos. Y fue luego a la laguna Estinfalia, donde anidaban unas horribles aves nocturnas, cuyas alas, cabeza y pico eran de hierro, y que, a manera de dardos, lanzaban sus mortíferas plumas contra aquellos que las perseguían. Nutríanse estos espantosos pájaros de la carne de los animales que arrebataban de los campos, por lo que eran temida plaga en todo el país, y gustaban muchísimo de la carne humana. Eran tantas y tantas estas aves que, cuando levantaban el vuelo, la luz del sol quedaba obscurecida del todo. Hércules, sirviéndose de un címbalo de cobre, las ahuyentó del bosque adonde solían retirarse y, una vez en el aire, las mató a flechazos.

...aplastando de un golpe de su maza...

Y he aquí que, cumplido este gran trabajo, le tocó a Hércules ir a limpiar los establos de Augias, hijo del Sol que reinaba en Elida. Tenía este monarca tres mil magníficos bueyes, cuyos establos no se habían limpiado en treinta años, de modo que ya resultaba imposible hasta el intentarlo, cuando, oyendo hablar del poder y la fuerza del héroe, Augias le pidió que realizase este trabajo prometiéndole, si conseguía dejar los establos limpios, darle el diezmo de su ganado. Y he aquí que el héroe, que no había de descender a tan baja e ímproba faena sino por medio de algo extraordinario, logró con su fuerza invencible desviar el curso del río Alfeo, que, pasando por los famosos establos se llevó cuanta basura habían depositado en ellos los tres mil bueyes durante treinta años. Y es fama que Augias no cumplió la promesa hecha a Hércules, por lo que fueron castigados por el héroe él y los suyos.

Y venció más tarde al toro de Creta y al jabalí de Erymantho, y hendiendo las olas del Euxino, acompañado de muchos griegos que le acataban en todo, fue al encuentro de las Amazonas, mujeres guerreras que habitaban a orillas del Thermodonte y que, según se dice, extendieron sus conquistas hasta las fronteras de la Asiria y fundaron a Efeso, Esmirna y Magnesia. Las temidas vírgenes guerreras fueron vencidas por Hércules, quien se apoderó del vestido de oro y del tahalí mortífero que usaba Hipolita, la reina de todas, que es fama era hija del mismísimo Marte, dios de la guerra.

Y más tarde fue en busca de las bellas naranjas de oro que florecían en el risueño jardín de la Hespérides. Bella era la fruta y alegre el lugar donde moraban las hermosas vírgenes cantoras. Pero un rojo dragón, un horrible monstruo permanecía día y noche enroscado al tronco del árbol del que pendían los dorados frutos, y los defendía de todos. También Hércules consiguió abatirlo, aplastando de un golpe de su maza formidable la fea cabeza del monstruo; el dragón dio entonces una horrible sacudida al árbol, quiso alcanzar de un coletazo al que le daba muerte, lanzó rojas llamaradas por la boca y los ojos, y, al fin, cayó muerto. Hércules tomó una rama del naranjo y quedó, una vez más, triunfante.

Y entró luego en la profundidad del ancho mar y lo limpió de monstruos para que los mortales pudieran navegar por él. Y cuando fue al palacio de Atlante, de quien se cuenta que, por haber hecho la guerra contra los dioses y en favor de los gigantes había sido convertido en monte y condenado a sostener con sus hombros la bóveda celeste[1], le substituyó en tan penosa tarea.

Estos fueron los famosos trabajos de Hércules, el héroe de la antigüedad más celebrado y conocido en el mundo entero. Mientras duraron, la vengativa Juno contuvo sus iras contra el héroe, pues suponía que en alguna de aquellas empresas perdería la vida.

---

1 Fúndase, sin duda, este mito en que, creyendo los antiguos que el monte Atlas era el más alto del mundo y que tocaba con su cumbre al cielo, supusieron que lo sostenía.

Pero ya había cumplido once trabajos. Sólo le faltaba uno y de todos los anteriores había salido triunfante.

Sólo un trabajo le faltaba a Hércules para tener del todo cumplidas las órdenes de Euristeo. Sólo un trabajo, mas, de tal magnitud, que apenas podía imaginarse que alcanzara a realizarlo.

Tratábase, nada menos, que de encadenar al Cancerbero y subirlo de las tinieblas a la luz del día. El Cancerbero guardaba la puerta del Hades, región subterránea o infierno de la mitología griega, a fin de que allí no penetrara ningún ser viviente, ni escapase el que allí se acercara. Era un perro de tres cabezas —ciento le adjudicaban algunos autores antiguos—, con cola de dragón y lomo erizado de horribles serpientes. Daba de continuo alaridos que causaban espanto y de sus fauces repugnantes destilaba negra ponzoña. Moraba al otro lado de la laguna Estigia, en el lugar donde Caronte desembarcaba las almas de los difuntos (siempre según la mitología griega) y allí debía ir a buscarle Hércules[2]. Este sería su último e ímprobo trabajo.

Mientras se disponía a cumplirlo con el mismo valor y fortaleza nunca desmentidos con que había llevado a cabo los otros trabajos, el héroe había dejado en Tebas a su esposa Megara,

_____

2   Como la mayoría de los antiguos mitos eran la representación poética de fenómenos naturales, este de la lucha de Hércules con el Cancerbero pudiera muy bien significar el combate del Sol con las tinieblas o la lucha de la vida contra la muerte. El nombre de Cerbero, dado al siniestro perro, se identifica con la voz sánscrita *sarvari* que quiere decir *la noche*.

y a sus tres hijos. Amfitrión, padre de aquélla, había quedado al cuidado y custodia de todos.

Mas sucedió en esto que la ciudad de Tebas fue teatro de continuadas y sangrientas sediciones; el rey Creonte, cercano pariente de la esposa de Hércules, fue asesinado por Lico, quien se atribuía antiguo derecho al trono de los tebanos y se apoderó de la ciudad.

Temeroso después de que al volver Hércules de las entrañas de la tierra —adonde había ido, como sabemos, a cumplir su último y más esforzado trabajo—, quisiera vengar justamente el asesinato del legítimo rey de Tebas, y la usurpación del trono, o, que usando su perfecto derecho de herencia aspirase a reinar él o a que reinaran sus hijos, Lico concibió la idea de exterminar a la esposa, al padre y a los hijos del héroe, antes de que éste volviera... si volvía. Así una vez la sedición triunfante y Lico en el trono, el primer cuidado del tirano fue apoderarse de Megara y de los suyos.

La infeliz mujer, el anciano y los tres chiquitines fueron arrojados de su palacio y huyeron tratando de librarse de la saña del tirano y sus esbirros; permanecieron largos días ocultos y padeciendo hambre y fatiga y sed. Mas Lico, implacable en su odio, le persiguió en el monte y en el valle, en el campo y en la ciudad.

Entonces el anciano Amfitrión a quien Hércules había dejado encargado de la educación y cuidado de los suyos, se refugió con su hija y sus nietos en el templo, al pie del ara misma en que se veneraba a Júpiter Salvador. Creían que el tirano no se atrevería a manchar con un crimen el altar de los dioses, y allí permanecieron largos días e interminables noches, careciendo de todo, de sustento, de agua, de vestido, durmiendo sobre el duro suelo y vertiendo continuamente lágrimas amargas. Y es verdad que tenían numerosos amigos, como correspondía a su realeza, pero unos, al llegar la adversidad, demostraron no merecer tal nombre, y los que lo merecían, los que eran leales, estaban vigilados también por el tirano y no podían ir a socorrerlos.

En su infantil inocencia los pequeños heráclidas —ilustres hijos de Hércules— preguntaban sin cesar:

—¿Adónde fue nuestro padre, madre mía? ¿Cuándo volverá?

Y le buscaban vanamente por todas partes mientras la infeliz madre procuraba distraerlos hablándoles de otras cosas, y se estremecía cada vez que oía rechinar las puertas.

Porque en medio de su inmensa desgracia, no abandonaba del todo la esperanza a la mujer, al anciano ni a los niños, que a cada momento imaginaban que iba a llegar Hércules, para salvarlos con su fuerza y su poder.

Y he aquí que un día, después de muchos de padecer y llorar, rechinó la pesada puerta del tempo. Megara se puso de pie y los niños se cogieron gozosos a su falda, creyendo que era Hércules que volvía. Pero no era el héroe esforzado, sino Lico el odioso tirano, a quien ya exasperaba la muda resistencia de los heráclidas y ni siquiera el sagrado del templo respetaba ya. Entró rodeado de su corte y de los ancianos de la ciudad, que al ver la puerta abierta penetraron por ella, para compadecer a los desdichados. Dirigiéndose al grupo que los heráclidas, acogidos al ara, formaban, el tirano habló así:

—¿Hasta cuándo queréis prolongar vuestra existencia, herederos de Hércules? ¿En qué auxilio confiáis para no morir? ¿Creéis, acaso, que el padre de estos niños va a venir del reino de las tinieblas para defenderos? Difícil es que venga y antes de que pudiera hacerlo habría cumplido yo mi propósito. No atribuyáis éste a crueldad, sino a previsión. Bien sé que quité la vida a Creonte y que poseo su reino. No consentiré, pues, que estos niños lleguen a hombres, ni dejaré vivir a quienes luego se vengarían de mí.

Ante las cínicas palabras de Lico, Amfitrión tembló de cólera primero; después, pensando en sus inocentes nietecitos, suplicó piedad para ellos.

—¿Por qué quieres matar a estos niños?— clamó—. ¿Qué te han hecho? Sólo eres prudente, a mi juicio, temiendo, cobarde, a los hijos de varón tan ilustre. Pero es horrible que nosotros hayamos de morir víctimas de tu miedo. Si quieres reinar en Tebas tranquilo, déjanos salir desterrados, que jamás volveremos a ésta nuestra ciudad.

Pero el tirano no accedió al ruego del noble Amfitrión ni las súplicas de los ancianos de la ciudad le llegaron a conmover. A los ruegos, a las imprecaciones contestó llamando a sus esbirros para que no dejasen escapar a los infelices prisioneros y dando a cuantos le rodeaban las más terribles órdenes.

—No importa que desates contra mí tu lengua —dijo al anciano Amfitrión—, pronto sufriréis justo castigo tú y los tuyos. Que mis leñadores vengan a los montes a cortar troncos de encina, que los traigan a la ciudad, y los amontonen alrededor del ara y les prendan fuego y así arderéis todos vivos y sabréis cómo aquí no reina Creonte, ni Hércules, sino yo. Y a vosotros, ancianos de Tebas que lloráis la suerte de los hijos de Hércules, yo os aseguro que tendréis que llorar también por los vuestros y así os acordaréis de que sois mis esclavos.

Oyendo estas palabras del cruel Lico, los ancianos de Tebas bajaron la cabeza y no pudieron contener las lágrimas, Si hubieran sido jóvenes de brazo fuerte y vigoroso, no hubieran consentido que de tal modo les insultase, pero eran débiles y contra el rey nada podían.

Y salieron los leñadores con dirección al monte para ir a buscar la leña que debía formar la horrible pira.

Entonces Megara, la esposa desdichada del gran Hércules, se postró de hinojos ante el tirano y, con las manos juntas, imploró para sus hijitos una pena menos rigurosa.

—Concédenos ¡oh Lico! —clamó la infeliz madre— no la vida, ya que estás decidido a hacernos morir, pero sí una muerte menos espantosa e innoble. Ya que hemos de perecer, que sea de otra manera, no devorados por el fuego y sirviendo de escarnio a nuestros enemigos, mal aún más intolerable que la muerte. Permíteme ahora que entre en nuestro palacio y que prepare las fúnebres galas de estos niños, que los adorne con mis mejores joyas y que vayamos todos a la muerte con dignidad, como a la raza de los heráclidas conviene.

Lico, a quien lo que importaba era la destrucción total de los heráclidas, accedió a lo que Megara le rogaba.

—Que abran mis servidores las puertas de tu palacio —dijo—; entrad en él y preparad esas fúnebres galas, que mi odio no va tan lejos que en la muerte quiera restaros la dignidad que os corresponde; pero cuando los hayáis vestido vendré a buscaros para enviaros a la mansión subterránea.

—Otra gracia debo pediros —clamó el anciano Amfitrión—, ya que todos hemos de morir: matadnos primero a mí y a esta mujer, porque no veamos morir a los pequeños heráclidas, hijos de nuestra sangre.

Y el tirano concedió esto también a los desgraciados. Megara y su padre, llevando delante de ellos a los tiernos hijos de Hércules, entraron en el regio palacio que un día fue su mansión, teatro de su esplendor y de su gloria. Al contemplar de nuevo las magníficas estancias donde había sido tan dichosa y que ya jamás volverían a pisar ni ella ni los suyos, Megara se deshizo en llanto, y mientras vestía a sus hijitos para que fueran a la muerte que el tirano les preparaba, sus bellos ojos, en que el más famoso de los héroes se mirara un día, parecían dos torrentes de lágrimas.

Y he aquí que cuando el anciano, y los niños y la mujer iban a salir del palacio para encaminarse, custodiados por los esbirros del tirano, adonde la muerte les aguardaba, ven venir un gran grupo de hombres fuertes y animosos que, cubiertos de polvo, parecían llegar de lejos, de muy lejos. En medio de ellos iba Hércules vestido con la piel del león y llevando en la mano la maza con que a tantos y tantos enemigos venciera. ¡Hércules, vencedor de los centauros y de los gigantes, héroe de mil combates, libertador del mundo que gemía bajo el poder de los monstruos! ¡Hércules, que, cumplido su último trabajo de traer al Cancerbero de las tinieblas a la luz, regresaba triunfante para libertar a los suyos!

No hay para qué decir que un mismo grito de esperanza y de alegría surgió del pecho de Megara, y de los de sus hijos. Los pequeñines, sin temor de la piel del león que cubría a su padre, se abrazaron a él y no se atrevían a separarse. Megara le echó los brazos al cuello y era tanta su alegría, que ni aún hablar podía.

Hércules, que también se abrazó a los suyos temblando de gozo, no tardó en advertir que las cabezas de sus amados hijos estaban cubiertas por fúnebres galas, que el rostro de su esposa tenía hondos surcos de llanto y que los ojos de su padre derramaban lágrimas abundantes.

—¿Qué es esto? —clamó con voz potente—. ¿Por qué me recibís llorosos en vez de salir a mi

encuentro con músicas y guirnaldas de flores?
¿Qué desgracia ha ocurrido en mi ausencia?

Megara entonces contó a su esposo cómo, gracias a una sedición, Lico se había posesionado del cetro de Tebas, la de las siete puertas, y cómo ella, y su padre, y sus hijos, se disponían en aquellos momentos a morir.

Hércules tembló de ira, y blandió, por encima de su cabeza, y en señal de amenaza, la terrible clava. Y gritó:

—Arrojad, hijos míos, esas lúgubres cintas que ornan vuestros cabellos, y contemplad gozosos la luz del día, que, por ahora, no dejaréis de ver. Ya que para vuestra vida necesitáis mi brazo, yo buscaré al nuevo tirano y derribaré su palacio y le someteré con mi clava victoriosa, no sólo a él, sino también a todos los tebanos que me han abandonado después de recibir de mí tantos beneficios. Porque ¿a quién he de socorrer con más razón que a mi esposa, a mis hijos y a este anciano? De nada me servirían mis trabajos, si los sufrí sin provecho alguno para mí ni para los míos, y no doy cima a éste ahora. Yo debo morir defendiéndolos, ya que ellos habían de perecer en breve por causa de su padre. ¿Qué no se dirá de mí si, después de vencer a la hidra y al león, por orden de Euristeo, no puedo auxiliar a mis infortunados hijos? No me llamarán ya, como antes, Hércules el de las gloriosas hazañas.

Y como la mujer y los hijos no dejaran de agarrarse a sus vestiduras y derramaran todavía lágrimas que ellos mismos no sabían si eran de pena o de alegría, añadió el héroe:

—Ea, entremos todos en palacio; cobrad ánimo y no derraméis a torrentes las lágrimas. Tú también, ¡oh esposa!, reanímate y no tiembles; y soltad mis vestidos que no soy ningún ave, ni pretendo escaparme.

Y así, conduciendo a los suyos como el barco de gran potencia remolca a las navecillas, los llevó, triunfalmente, a los desiertos salones de palacio.

Y he aquí que, en esto, el tirano Lico, impaciente por la tardanza de los que él había condenado a muerte, llegaba ya con sus esbirros temiendo que los infelices se resistieran y dispuesto a conducirlos al suplicio por la fuerza. Y cuando entraba arrogante, con gran ruido de armas y de voces, advirtió la presencia de Hércules entre los suyos, y sólo de ver al héroe, cubierto el robusto cuerpo con la piel del león y blandiendo con su fuerte brazo la clava, en poco estuvo que no quedara allí mismo muerto. Y aun puede decirse, en efecto, que desde aquel mismo momento lo estuvo, pues el gran combate empezó allí mismo.

Los fieles tebanos que acompañaban a Hércules y aun la mayoría de los que en la ciudad estaban, se aprestaron a luchar por el hijo de Júpiter y a defender su palacio y su trono contra la tiranía. Mas el vencedor de tantos y tan grandes peligros, no necesitaba que nadie le ayudase, y así, con un solo golpe de su maza potente, mató al odioso tirano e hizo huir a los que tras él iban. Y en la ciudad de Tebas volvió a reinar Hércules, el fuerte.

Pero Juno velaba, celosa y vengativa. En vano había aguardado que en uno de los doce ímprobos trabajos ordenados por Euristeo, fuese el héroe derribado. En vano había influido en el ánimo del tirano de Tebas para que no dejara con vida a ninguno de los tiernos heráclidas. Hércules había vuelto a sus lares e iba a gozar de su triunfo en la paz de su reino.

Implacable entonces la diosa hizo descender a la tierra a la Locura, la obligó a posesionarse del cerebro del héroe, y, turbando su razón por completo, logró que desconociera a su amada mujer, y a sus hijos pequeños... Por un momento Hércules, infundió risa y miedo a los que le rodeaban, tan extrañas eran las acciones a que le impulsaba la Locura. Subía y bajaba las escaleras, y, sin salir de su palacio, aseguraba que había llegado a la ciudad de Nico. Se recostaba en tierra y hacía como si en la citada ciudad estuviera preparando su alimento y a los pocos instantes decía hallarse en las cumbres frondosas del Istmo y, despojándose de sus vestidos, luchaba solo y se proclamaba vencedor, hablando a espectadores imaginarios. Profería contra Euristeo palabras horribles y creía hallarse aún en Micenas. Y al ver a sus tiernos hijitos y a su dulce esposa que intentaban calmarlo creyó —siempre bajo el influjo de la Locura enviada por Juno— que aquéllos eran la esposa y los hijos de Euristeo, y, levantando, sin saber lo que hacía, la clava, arremetió contra ellos y allí mismo los dejó muertos. Tal era la furia de Hércules.

Fue aquel un triste día para Tebas y para el mundo entero. La raza de los heráclidas pereció a manos de su propio padre. Y es fama que, al recobrar el héroe la razón y ver lo que, sin saberlo, había hecho, lloró como un niño, lágrimas amargas.

Y ni el recuerdo de sus famosos trabajos pudo consolarle. Porque ya no apeteció fama, triunfos, ni riquezas.

III

IFIGENIA

I

EN AULIDE

Iba la armada griega hacia Troya, donde Menelao, rey de los griegos, debía recuperar a Helena, su esposa, la princesa más bella que jamás vieran los siglos, que había sido robada por Paris. Y sucedió que cuando mayor era la impaciencia del ofendido monarca griego por castigar a su atrevido rival, y más enardecidos estaban los helenos en su afán de luchar contra los troyanos, los vientos empezaron a ser contrarios al rumbo que los barcos griegos llevaban, y las naves que conducían a los guerreros tuvieron que refugiarse en Aulide, ciudad ribereña de la antigua Beocia.

Y he aquí que el tiempo pasaba y no abonanzaba el tiempo, ni los vientos eran más favorables. Agamenón, hermano del rey Menelao y generalísimo del ejército, era, ante todos aquellos héroes, el más descontento, el más impaciente. Las tropas amenazaban con amotinarse si aquella forzosa inacción seguía. Y los celos y el deseo de recobrar a Helena y castigar a Paris eran en Menelao cada vez más rabiosos.

47

Entonces los ancianos generales y los sabios y los jefes de todos aquellos guerreros, se reunieron una vez más para decidir lo que en tan crítica situación debía hacerse. Y tras mucho discutir y largo deliberar se acordó llamar al adivino Calcas, para que él dijera lo que el porvenir predecía.

Y llegó el adivino al lugar donde los jefes y ancianos estaban reunidos, y después de hacer sus conjuros y de permanecer largo tiempo en éxtasis, habló así, con voz lejana y solemne:

—Diana, la diosa que reina en estos lugares, cuyo altar se venera en Aulide, tiene en su mano los vientos que rizan las ondas que a Troya han de conduciros. Para trocar los vientos contrarios en vientos favorables a nuestra navegación, ¡oh guerreros esforzados!, ¡oh Menelao glorioso!, ¡oh Agamenón insigne!, Diana exige que se inmole una víctima de extraordinario valer en su ara. Y el nombre de esa víctima que yo leo al pie de la diosa Diana, no es otra, ¡oh griegos ilustres!, que el de la bella y pura Ifigenia, hija de Agamenón y de Clitemnestra.

Cesó el adivino de hablar y en los rostros de todos los griegos se leyó el horror que sus palabras causaran. Ifigenia era la joven más preciada entre las doncellas de Grecia; la adornaban todas las bellezas y todas las virtudes y era el orgullo de sus padres Agamenón y Clitemnestra. Por ello su sacrificio resultaba el más doloroso que pedirse a los griegos pudiera. Desde Grecia, donde Ifigenia se había quedado con Clitemnestra, su madre, el pensamiento de la doncella parecía velar por los soldados griegos.

Todos callaron, pues, al oir la solución hallada por el adivino; sólo Agamenón, el desventurado padre de Ifigenia, levantó la voz para declarar que su amada hija no sería sacrificada mientras él viviera.

Pero pasaba el tiempo y la divinidad no se aplacaba, al parecer, pues los vientos seguían siendo contrarios y las naves griegas no podían salir de Aulide. El descontento crecía, crecía, y ya los guerreros empezaban a murmurar del generalísimo que tenía en su mano la salvación de todos con sólo consentir en el sacrificio de su hija Ifigenia y no accedía a él. Hasta que, al fin, fue el mismo monarca Menelao, quien inclinó a su hermano a dar el horrible consentimiento.

—Es preciso que escribas a tu esposa —dijo el rey a su desdichado hermano— para que traiga a Ifigenia y ésta sea sacrificada en el ara de Diana. Ya sabes que es éste el único medio de que no permanezcamos aquí toda la vida, de que los vientos soplen favorables y podamos seguir nuestro rumbo y vencer a los frigios. Si no, nada lograremos.

—Nunca sacrificaré a mi hija Ifigenia, mi bien más preciado —repuso Agamenón—, si ese es el único medio de que podamos todos seguir nuestro camino, llama al heraldo Taltibio y dile que licencie, sin aguardar más, a todo el ejército.

Pero Menelao insistió tanto y tanto, y en su insistencia y en sus cargos contra Agamenón le ayudaron Calcas y el prudente Ulises con tanta eficacia, que el infeliz padre, accedió, al fin, a lo que tanto horror le causaba. Y porque Clitemnestra, la madre de la hermosa doncella, no se negara a llevar a su hija al sacrificio, obligaron a Agamenón a que escribiera a su esposa una carta diciéndole que condujera ella misma a Ifigenia a Aulide, donde la aguardaban para celebrar sus bodas con Aquiles, el del pie ligero.

Porque Aquiles era el más famoso de los héroes griegos y había merecido los sobrenombres de "el muy semejante a los dioses", "el mejor de los aqueos", "el primero de los hombres", "el valiente", "el ilustre", "el de corazón de león", "el destructor y fundador de ciudades"; porque era invulnerable[1]; porque era joven, fuerte, ágil, de rizada cabellera y hermoso rostro, de figura esbelta y formas hercúleas; porque era valeroso, generoso y audaz, suponían los astutos griegos que Ifigenia correría gozosa adonde el héroe —según se decía en una carta— la aguardaba para casarse con ella. Y así fue, que tanto Ifigenia como su madre, sintieron el mayor gozo que puede sentirse al saber la grata noticia y no tardaron en ponerse en camino. Y, en tanto, Aquiles nada sabía.

Pero sucedió que, al día siguiente de haber escrito la funesta carta en que llamaba a su esposa y a su hija, Agamenón, que ya estaba arrepen-

---

1   Según la leyenda, Aquiles era invulnerable porque Tetis, su madre, lo había sumergido en las aguas de la laguna Estigia, pero como se olvidó de humedecer el talón por donde le tenía cogido, este punto quedó sin la virtud que daban las aguas de la laguna. En dicha parte le hirió una flecha de Apolo —o de Paris—, que le dio la muerte.

tido de ello, escribió a escondidas otra carta y la
dio a un anciano de toda su confianza para que
la hiciese llegar a manos de Clitemnestra, su
esposa. Decía así esta segunda carta:

"Además de mi carta anterior, te remito esta,
¡oh hija de Leda!, para que no venga nuestra
hija Ifigenia al estrecho sinuoso de la Eubea, a
Aulide, abrigada de las olas. El año próximo
celebraremos su himeneo."

Y dando al anciano esta carta, el desdichado
Agamenón no dejaba de hacerle mil recomendaciones.

—Ve ligero, olvidándote de tu edad —le decía—; no te detengas en las fuentes umbrosas ni
te dejes dominar por el dulce sueño. Siempre
que atravieses una encrucijada mira a tu alrededor cuidando de que no se te oculte ningún
carro de veloces ruedas que pueda traer a mi
hija. Y si encuentras a los que aquí la conducen,
apodérate de las riendas y hazlos volver por
donde llegaron.

—Mas, ¿cómo darán crédito a mis palabras tu
esposa y tu hija? —preguntó el mensajero.

—Guarda el sello que cubre esta carta —repuso Agamenón—. Y vete, que ya brilla la aurora.

Partió el anciano, sin olvidar ninguna de las
recomendaciones que Agamenón le hiciera, mas,
por desdicha suya y de su dueño o por astucia y
fortuna del rey de los griegos, no había salido de
las puertas de la ciudad cuando el mismo Menelao le salió al encuentro.

—¿Por qué intentas salir del recinto? —le preguntó—. ¿Qué llevas oculto bajo el manto?

Y a pesar de todas las protestas del fiel anciano, le arrancó la tablilla en que Agamenón había escrito a Clitemnestra las palabras que ya conocemos.

Cuando Menelao vio cómo su hermano faltaba a la palabra dada, y avisaba a su hija para que no fuera adonde la aguardaba, para salvarse, el ejército griego, su furia y su indignación no reconocieron límites.

—Has vendido a tu hermano y a tu patria —dijo a Agamenón— pero ni aun así tendrá eficacia tu cobardía. Esta carta no llegará a su destino e Ifigenia morirá, salvándonos con ello a todos, en el altar de Diana.

Y en efecto, mientras los dos hermanos disputaban con viveza, el uno por la vida de su prenda, y el otro por la suerte de los guerreros que a su fuerte brazo se habían encomendado (y también por su amor y sus celos), llegó un mensajero, que inclinándose profundamente ante Menelao y Agamenón, habló de este modo:

—¡Oh, Agamenón, general valeroso a quien acatan todos los griegos! Te traigo a tu hija, la bella y virtuosa Ifigenia, honra de tu palacio. La acompañan su madre, tu esposa Clitemnestra, y tu tierno hijo Orestes, deseosas de que goces al verlos tras tan dilatada ausencia. Mientras ellas, a las puertas de la ciudad, reposan del largo camino, yo me adelanto para que te prepares, porque el ejército sabe que tu hija ha llegado y presurosa muchedumbre acude a verla. Y hora es ya de que tú y el rey Menelao coronéis vuestras cabezas y os apresuréis a celebrar con pompa el himeneo de Ifigenia con el más famoso de todos los héroes, y hagáis resonar en el palacio la flauta y las ruidosas danzas, porque para tu hija brilló ya el día de su ventura.

Al oir al mensajero que presagiaba la dicha en que Ifigenia creía, cuando sólo la muerte aguardaba en Aulide a la hermosa doncella, Agamenón bajó la cabeza ante el Destino, y no pudo contener las lágrimas. Y fue tal la expresión de su dolor, que el mismo Menelao se apiadó de él, arrepintiéndose ya de haber forzado a su hermano a que escribiera a Clitemnestra y de haber interceptado el segundo mensaje, con que el infortunado padre trataba de impedir el cruel sacrificio.

En esto llegaba ya a las puertas de Aulide un magnífico carro en el que gozosas y sonrientes llegaban la reina Clitemnestra y su hija Ifigenia, tan hermosas las dos que apenas se distinguía cual de ellas era la madre y cual la hija. Todas las doncellas de la ciudad y muchas extranjeras acudieron allí a recibir a las que llegaban, y las ayudaron a bajar del carro y entonaron en su honor y alabanza cánticos dulcísimos.

Clitemnestra agradeció con palabra cortés y elocuente todos aquellos agasajos, y dio a las jóvenes esclavas los presentes nupciales de Ifigenia para que los llevaran a palacio y les rogó que sujetaran a los caballos y que bajaran del carro al tierno Orestes, hijo suyo y de Agamenón, infante bellísimo, que todavía no hablaba.

Cuando Ifigenia vio, de lejos, llegar a su padre, corrió a su encuentro y se echó en sus brazos, pues le amaba más que a todas las cosas del mundo. Mas grande fue su sorpresa y su dolor al ver que, en vez de recibirla gozoso, Agamenón dejaba correr de sus ojos abundantes lágrimas. Entonces, muy triste, pensó que acaso aquellas bodas que, a ella tanto la ilusionaban no serían del todo del agrado del general. Y penetró en el palacio, tratando de comprender la causa de la rara actitud de su padre.

Entonces Agamenón fue en busca de Clitemnestra. Se horrorizaba a la idea de que su amada esposa asistiera al sacrificio cruel de Ifigenia, y, con engaños, quería alejarla.

—Ya sabes que vamos a desposar a nuestra hija —le dijo.

Y ella, sonriente, y curiosa, como mujer que era el fin, preguntó:

—¿Qué día se celebrará el himeneo?

—Cuando la luna llegue a su plenitud.

—¿Y dónde celebraremos el banquete nupcial?

—Junto a las naves de los griegos, mas ¿sabes, esposa, lo que debes hacer? Mientras nosotros llevamos a Ifigenia adonde el héroe que ha de desposarla la aguarda, tú volverás a nuestra ciudad de Argos, donde cuidarás de las hijas que allí nos quedan.

—¿Y por qué no he de ir con la desposada, llevando como es costumbre la antorcha?

—Porque parecería indecoroso que fuera de aquí te cercase la innumerable soldadesca.

—No puede ser indecoroso que, como madre, intervenga en las bodas de mis hijas.

—Ni las otras doncellas deben permanecer solas en palacio, lejos de su madre.

—Numerosas esclavas, fieles criados y altos muros las guardan.

—¡Basta! —gritó Agamenón irritado—. Obedéceme.

Y se alejó de Clitemnestra llorando sin lágrimas la triste suerte que a su hija esperaba, y dispuesto a preguntar de nuevo al adivino Calcas, cuál sería el mejor camino para la salvación de los griegos.

Ante tan extraña conducta y las extrañas palabras de su esposo, que, de modo tan firme se oponía a que ella, la madre, asistiera a las nupcias de su hija, Clitemnestra que, como mujer, era astuta, no dejó de comprender que algo extraordinario ocurría. Y he aquí que, cuando se dirigía hacia el campamento en que se hallaban los griegos, vio desde lejos ir acercándose a ella a un joven guerrero tan hermoso y marcial como era imposible ni aún imaginarlo. Su figura era esbelta y sus miembros hercúleos, sus cabellos rizados flotaban al viento apenas retenidos por el casco que, igual que toda la armadura del joven guerrero brillaba al sol cual bruñida plata... Era tan apuesto, tan bello, el guerrero, que Clitemnestra permaneció un momento olvidada de todo, sin poder atender más que a contemplarlo. Y el joven volaba más que corría hacia ella, con ligereza increíble. Dijérase que tenía alas en los pies. Y gracias a esto, le reconoció Clitemnestra. Era Aquiles, el de los pies ligeros. La esposa de Agamenón no pudo por menos de estremecerse de dicha al pensar que aquel héroe, el más bello y famoso entre todos, iba a ser el esposo de su hija Ifigenia.

Se adelantó hacia él. Aquiles se detuvo.

—¡Oh, hijo de la diosa Nereida!, —exclamó la reina—. Perdóname que salga a tu encuentro.

Contestó el héroe:

—¿Quién eres, mujer de espléndida belleza? ¿Por qué siendo mujer has venido al ejército griego en busca de hombres armados de escudos?

—Soy Clitemnestra, hija de Leda, y mi esposo es Agamenón —contestó la reina—. Quiero tocar tu diestra con la mía en prenda feliz del futuro himeneo, ya que vas a unirte a mi hija, ¡oh, héroe!

Aquiles entonces miró a Clitemnestra como dudando de su razón y, al fin, contestó lenta y serenamente:

—¿De qué nupcias hablas? Admirado me dejan, ¡oh mujer!, tus frases. Jamás pretendí la mano de tu hija, ni los Atridas me hablaron de tal himeneo.

Clitemnestra tembló de ira y de dolor.

—¡Oh, qué vergüenza! —exclamó—. ¿Por qué me han hecho traer a mi hija a unas nupcias que, según veo, no han de celebrarse y que desconoce hasta el desposado? Alguien nos ha engañado cruelmente... Vete, héroe, que tu vista me recuerda más mi vergüenza.

Pero llegaba en esto un anciano, un viejo criado, que no era otro que aquel a quien Agamenón diera la segunda carta interceptada por

Era Aquiles, el de los pies ligeros.

Menelao. El anciano se arrodilló a los pies de Aquiles y de Clitemnestra, impidiéndoles que se separaran.

—Habéis de escucharme los dos —clamó— detente, pues, extranjero, hijo de una diosa. Y tú también, bella hija de Leda.

Y el héroe de los pies ligeros y la madre de Ifigenia se detuvieron a escuchar al esclavo.

—Sabes que siempre fui fiel a los de tu casa —dijo a Clitemnestra— y que aún te amo más a tí que a tu esposo. Por ello quiero evitarte el grave mal que los griegos te preparan. El padre de tu hija, el valeroso Agamenón ha decretado la muerte de la bella Ifigenia, de acuerdo con los adivinos y con los guerreros para que los dioses aplaquen su furia y concedan viento favorable a la armada griega.

Al oir estas palabras Clitemnestra creyó morir de dolor y de rabia. El engaño de Agamenón al llevarlas allí a ella y a su hija anunciándoles bodas cuando sólo pretendía su muerte, era lo que más la indignaba. Sin despedir al anciano ni hacer caso de sus palabras, cayó a los pies de Aquiles.

—No me avergüenzo de caer a tus pies, ¡oh héroe!, pues que soy mortal y tú eres hijo de una diosa. Nada me importa, además, mi orgullo, pues ya sólo me interesa mi hija. Coronada de flores la traje para que la casaran contigo y ahora la llevo a morir; aun cuando no os haya unido el himeneo, ruégote por tu diestra, y por tu madre que la socorras, que me ayudes a salvarla. Atrévete a extender tu mano protectora y nos salvaremos; si no lo haces, mi hija morirá y yo con ella.

Entonces Aquiles, el semidiós de los pies ligeros, hijo de la Nereida, diosa del mar, prometió a Clitemnestra que la ayudaría a salvar a su hija. Pero le rogó que antes de recurrir a él, procurase convencer a Agamenón de que no cometiera tan atroz sacrificio. Si el general no accedía, Aquiles pondría todo su poder en salvar a la hermosa doncella.

Y a todo esto las esclavas perfumaban los cabellos de Ifigenia y los adornaban con flores recién cortadas, y vestían a la doncella sus más bellas y espléndidas galas, y la hermosa mostrábase gozosa creyendo que tales preparativos eran para sus bodas, cuando, en realidad, eran para su sacrificio.

Clitemnestra buscó a Agamenón, se prosternó a sus pies, lloró y suplicó al general, su esposo, que no consintiese en el sacrificio de la hermosa Ifigenia. Pero él, que en el fondo era un cobarde, y temía las iras de Menelao y del ejército, no contestó una sola palabra. Y a los gemidos y lamentos de su madre infortunada salió del palacio Ifigenia, vestida con sus galas de desposada. Y por las palabras de Clitemnestra comprendió la suerte que, buscando con su muerte la probable salvación del ejército griego, se le reservaba.

Y entonces fue ella quien se postró, llorando a los pies de su padre. Dijo así:

—Si yo tuviese, ¡oh padre!, la elocuencia de Orfeo, y las piedras me siguiesen cuando cantara y mis palabras ablandaran los corazones, a mis palabras y mis cánticos recurriría. Pero sólo tengo mis lágrimas y con ellas trato de convencerte. ¡No me sacrifiques ahora que soy joven, no me hagas visitar tan pronto las entrañas de la tierra! Yo fui la primera hija a quien sentaste en tus rodillas y recuerdo aún cuando me decías: "¿Te veré feliz algún día, ¡oh, hija!, al lado de tu esposo, llena de vida y vigor, como mereces?" Y yo a mi vez te decía estas palabras acercándome a tus mejillas, que ahora tocan mis manos: "¿Y yo, padre mío? ¿Te recibiré anciano en mi palacio dándote grata hospitalidad en premio de las penalidades que sufriste al criarme?" Yo conservo el recuerdo de estas pláticas, pero tú las olvidaste y quieres matarme. ¿Por qué he de ser yo víctima de los amores de Paris y Helena? Bésame, al menos, padre mío, para que al menos, al morir, tenga este dulce recuerdo tuyo, si es que no accedes a mi ruego.

Y mientras ella decía estas palabras y Agamenón callaba, el pequeño Orestes, hermano de Ifigenia, tan chiquito aún que todavía no hablaba, se arrodilló también a los pies de su padre y juntaba las manitas como si también le implorara.

Pero Agamenón, aunque su corazón de padre se rompiera de dolor ante la desesperación de sus hijos, no podía acceder a lo que le pedían. No era ya la voluntad de Menelao la que obedecía al llevar a su hija bien amada al sacrificio, sino la orden de toda la Grecia que deseaba ardientemente continuar su viaje con rumbo a

Troya, y creía que sólo podría lograrlo ofreciendo a Ifigenia en holocausto a Diana.

En aquel mismo instante un tumulto se escuchaba al pie de las ventanas de palacio. Eran los guerreros helenos que, enterados de la predicción de Calcas, y habiendo sabido la llegada de Ifigenia se apresuraban a ir a reclamar de su padre que la sacrificara.

—De otro modo no podremos salir nunca de Aulide y aquí moriremos como los cobardes, sin provecho y sin honra. ¡Es preciso aplacar a la diosa Diana, para que nos otorgue viento favorable! ¡Es preciso que muera Ifigenia!

Y crecía el tumulto, y el nombre de Ifigenia era pronunciado por todas las lenguas y su sacrificio era a cada momento reclamado por aquella gente guerrera. Ya se disponían a subir a palacio para arrebatar a la doncella de su cámara y llevarla a morir al altar de Diana, cuando se presentó el esforzado Aquiles, el héroe de los pies ligeros, dispuesto a salvarla.

Entonces, al frente de los que pretendían llevarse a Ifigenia para inmolarla cuanto antes en el ara, apareció Ulises, el nieto de Sísifo y otro de los héroes más famosos de cuantos fueron a la guerra de Troya.

El encuentro entre Aquiles y Ulises debía ser terrible, pues los dos eran a cual más valeroso y potente, como que los dos eran hijos de los dioses. Muerto uno u otro, o separado del ejército heleno uno de los dos, sólo quedaban a los griegos la mitad de las probabilidades que, llevando a los dos héroes tenían, de vencer ante los muros de Troya. Por eso al verles dispuestos a luchar uno contra otro los ancianos prudentes se cubrieron con los mantos la cabeza y las mujeres y hasta los niños pequeñitos, que apenas podían darse cuenta de lo que pasaba, derramaron abundantes lágrimas.

Entonces Ifigenia, la bella, la virtuosa, la noble, antes de que por causa suya acontecieran a los griegos cosas tan terribles, salió de palacio, vestida todavía con sus galas nupciales y ordenó con su ademán a los dos bandos que se detuviesen.

—Madre, escucha —dijo—, no te indignes en vano contra tu esposo, pretendiendo imposibles. Mucho tenemos que agradecer la generosa conducta de este valiente extranjero, mas no es justo que nuestra resistencia atraiga mal alguno sobre Aquiles. Oye, madre, y que me oigan todos. Resuelta está ya mi muerte por el bien de Grecia, y quiero que sea gloriosa y despojada de toda flaqueza. Grecia entera tiene puestos en mí sus ojos y en mi mano está que naveguen por los mares las naves y sea destruida la ciudad de los frigios, y que, en adelante, los bárbaros no osen robar mujer alguna de nuestra afortunada patria, si ahora expían el rapto de Helena por Paris. Todo lo remediará mi muerte y mi gloria será inmaculada. No conviene que Aquiles pelee contra todos los griegos por una mujer ni que por ella muera. Si Diana pide mi vida, concedédsela. Yo la doy en aras de Grecia: matadme, pues, y devastad a Troya. Ese será el momento que me recordará eternamente; esos mis hijos, esas mis bodas y esa mi gloria.

Al oir estas nobles y generosas palabras todos los guerreros aclamaron a Ifigenia y sólo Aquiles, enamorado ya de tanto valor y tanta belleza, trató de oponerse a ellas. Pero la doncella insistió:

—No porfíes, extranjero —dijo—. Baste a Helena ser causa de batallas y muertes entre los hombres. No mueras, pues, por mí, ni mates a nadie; déjame que, si puedo, salve yo a la Grecia.

Y viendo que su madre lloraba amargamente, añadió Ifigenia:

—Madre, no llores; antes alégrate, que, gracias a mí, será mayor tu gloria. No cortes los rizos de tu cabellera ni te cubras con negros vestidos.

—Hija, pues ¿no he de llorar tu muerte?

—No, pues yo soy feliz, haciendo dichosa a la Grecia.

—Y ¿qué diré de tu parte a tus hermanas?

—No las obligues a ponerse negros vestidos.

—¿Qué les diré en tu nombre que les sea grato?

—Que sólo deseo su felicidad. Y a Orestes edúcalo como conviene a un hombre de su calidad.

Ifigenia abrazó estrechamente a su madre y otra vez le rogó que secara sus lágrimas. Besó luego al niño, al que tan tiernamente amaba, y rodeada de las doncellas, que, a una señal suya, entonaron lúgubre himno en honor de Diana, se dirigió al prado de la diosa, donde debían sacrificarla. Llevaba la frente ceñida por coronas de blanquísimas flores, y vestía todavía el traje nupcial.

Y mientras ella avanzaba hacia el prado, las doncellas danzaban, danzaban y cantaban loores a la diosa Diana y a la hermosa Ifigenia, llena de virtudes, que iba a dar su vida por el bien de Grecia.

En el prado de los sacrificios estaba reunida una multitud inmensa. Todos estaban allí para ver a la generosa doncella y aclamarla porque daba gustosa su vida por ellos.

Y he aquí que, cuando Agamenón vio que su hija se encaminaba hacia la muerte, gimió y volvió atrás la cabeza, y lloró ocultándose bajo su manto. Y ella se detuvo ante su padre y dijo así:

—Aquí me tienes, ¡oh padre! De buen grado vengo a dar mi vida por mi patria y por Grecia para que me sacrifiquéis en el ara de la diosa, ya que así lo pide el oráculo. Mi único deseo es que seáis afortunados, y que vuestros ejércitos regresen victoriosos a nuestra muy amada patria. Que ningún griego me toque, pues. Callada y animosa entrego mi cerviz al hierro.

Estas palabras sorprendieron a cuantos las escucharon y todos alabaron grandemente a la doncella por su mucho valor.

Taltibio, el heraldo, estaba en medio de todos, y con voz sonora pidió feliz intercesión a los dioses e impuso silencio. Calcas, el adivino, desenvainó la afilada cuchilla con que debía cortarse la cabeza de la doncella y la colocó en un cesto de oro. Después coronó a la doncella. Mas he aquí que, en esto, Aquiles, el héroe de los pies ligeros, se acercó presuroso al ara, y se apoderó del cesto y de la cuchilla y habló así, dirigiéndose a la diosa:

—¡Oh Diana, hija de Júpiter, que gozas matando fieras, que de noche nos envías tu luz brillante, acepta propicia esta víctima que en nombre del ejército griego, te ofrece su general Agamenón y concédenos por ella feliz navegación y que conquistemos con nuestras armas la ciudad de Troya!

Y todo el ejército quedó suspenso, mirando los hombres que lo componían al suelo. El sacerdote empuñó la cuchilla, recibió las preces y examinó el cuello de la doncella antes de herirlo.

Entonces ocurrió un prodigio que nadie pudo comprender. Todos oyeron claramente el ruido del golpe al herir, pero en el preciso instante de ser escuchado, desapareció la doncella. Clamó al cielo el sacerdote, asombróse todo el ejército al ver aquel portento, obra, sin duda de los dioses, y al cual, aun habiéndolo presenciado, no se atrevía a dar crédito. En lugar de Ifigenia, yacía en tierra una cierva palpitante, muy grande y de maravillosa hermosura, cuya sangre inundaba el altar de la diosa. Entonces Calcas, pronunció estas palabras:

—¡Oh capitanes del ejército griego! ¿Véis esta cierva de los montes que la diosa ha traído como víctima al ara? Diana la acepta con preferencia a la hermosa Ifigenia, para que tan noble sangre no manche su altar. Y lo hace de buen grado,

Llevaba la frente ceñida por coronas...

concediéndonos favorable navegación hacia
Troya. Cobren, pues, ánimo los marinos y vá-
yanse las naves; hoy podrán atravesar el mar
Egeo, dejando las famosas ensenadas de Aulide.

Y Agamenón y Clitemnestra y Orestes y Aquiles, el mismo Menelao y los guerreros todos y
toda la Grecia, celebraron con gran alegría el
fausto suceso, y creyeron, que para mayor honra
de los suyos, Ifigenia la bella, la virtuosa, la noble había subido al Olimpo.

II
EN TAURIDE

Y he aquí cómo Ifigenia, la bella hija de Agamenón y de Clitemnestra, fue substraída de la pira
donde iba a morir, por Diana, que puso en su
lugar una cierva y, conducida por la diosa a
través del espacio, hasta Tauride, la tierra de
bárbaros donde el rey bárbaro Thoante imperaba.

Tenía Diana, la diosa cazadora, un templo en
aquellos lugares, templo que en lo alto de eleva-
da roca se levantaba. En él debían morir sacrificados a la sanguinaria divinidad cuantos extranjeros llegaban a aquellos lugares. Allí fue
donde Diana depositó a Ifigenia y la hizo su
sacerdotisa. La dulce Ifigenia, de tierno corazón
y costumbres suaves, sufría cuanto no se alcanza
a decir con aquellos bárbaros ritos, y su piedad
por los jóvenes sacrificados era mayor cada día.
Ni despierta ni en sueños dejaba de ver continuamente lúgubres visiones, y muchas veces,
desde el fondo de su alma, atormentada por los

sacrificios que presenciaba en el templo, se arrepentía de no haber muerto, en lugar de la cierva, en el ara de Aulide. Y así pasaron años, muchos años.

Una noche Ifigenia soñó que abandonaba aquel bárbaro país para vivir de nuevo en Argos, entre sus hermanas. Entre ellas se hallaba —siempre en sueños, según decimos—, cuando tembló la tierra y ella huyó de su aposento, y se desplomó la cúpula del palacio y toda la techumbre se fue al suelo, hasta los más altos pilares. Y siguió soñando Ifigenia que sólo quedaba en pie una columna del palacio paterno, de cuyo capitel pendía blonda cabellera que hablaba mientras ella, Ifigenia, lamentándose de su triste ministerio y de tener que presenciar la muerte de los extranjeros, la rociaba con agua.

Y porque son los hijos varones las columnas de la familia, y porque aquellos a quienes Ifigenia rociaba con los vasos sagrados estaban destinados a morir, interpretó la doncella griega su sueño como revelación de la muerte de su hermano Orestes.

Más triste que la noche, Ifigenia se dispuso a celebrar en el templo los funerales de su hermano, al que tanto amaba, y al que no había vuelto a ver desde que el niño era pequeñito.

Y llamó a las esclavas griegas que el rey bárbaro le había dado, magnánimo, para su servicio, y les pidió que celebrasen los funerales con ella.

En tanto arribaban a aquellas costas dos jóvenes extranjeros de porte gentil. Por sus ricas vestiduras se adivinaba que eran hijos de familias principales y por su belleza que procedían de tierras de Grecia. Griegos eran, en efecto, e hijos de reyes. Llegaban a aquellos inhospitalarios parajes para robar la estatua de oro de Diana que en aquel templo se veneraba y de la que el oráculo de Delfos les había ordenado se apoderasen, ya aprovechando el engaño, ya valiéndose de alguna feliz casualidad y que, arrostrando el peligro, la llevasen a Atenas, como único medio para librarse de las penalidades que les habían acompañado en su errante peregrinación por toda la Grecia.

Iban ya a entrar en el templo cuando vieron ante él, coronas teñidas en sangre y restos de extranjeros sacrificados y advirtieron que sus puertas eran de bronce, y sus muros fuertes y altos.

Entonces el más joven de los dos se atemorizó y propuso a su compañero huir a las naves que hasta allí les habían llevado. Pero su amigo se opuso a aquella cobardía y, prudentemente, opinó que lo mejor sería refugiarse en alguna caverna cercana a la playa, y volver al templo protegidos por la obscuridad de la noche. Y así lo hicieron.

Y en tanto, Ifigenia y sus esclavas griegas, plañían en el templo la muerte de Orestes, el último heredero de los reyes famosos de Argos. Y el piadoso funeral duró largas horas.

Cuando, súbitamente, una de las esclavas anunció a la sacerdotisa que un pastor se aproximaba desde la orilla del mar, a la cumbre del monte sagrado. Llegó el pastor.

—Hija de Agamenón y de Clitemnestra —dijo a Ifigenia—, oye la noticia que voy a darte.

—¿Cómo te atreves a molestarme en estos momentos? —clamó la sacerdotisa enojada.

Pero el pastor prosiguió:

—Dos jóvenes fugitivos han llegado a esta región y deben morir, según la voluntad de Diana. Prepara, pues, el agua y las ofrendas.

Y preguntó Ifigenia:

—¿De qué país son esos extranjeros?

—Lo único que sé es que son griegos.

—¿Cuáles son sus nombres?

—Uno de ellos llamaba Pílades al otro.

—Y ¿cuál era el nombre de su compañero?

—No lo sé, porque no lo he oído.

—¿Y de qué manera los cautivásteis?

Entonces el pastor habló largamente.

—Nos acercábamos muchos pastores al mar —dijo— para bañar en él a los bueyes, y llegamos a cierta caverna abierta por el continuo azotar de las olas, en la que suelen refugiarse los pescadores. Uno de mis compañeros vio en ella a dos jóvenes tan hermosos, que más le parecieron dioses que hombres, y nos dijo a los demás: "¿No veis? En la caverna se hospedan ciertas deidades." Y el más religioso de todos cayó de rodillas y, alzando las manos, los adoró como si en efecto fueran los dioses del mar. Pero los demás se burlaron de tales plegarias y dijeron que los de la gruta eran náufragos que allí se ocultaban, sabedores, sin duda, de la costumbre

por nosotros observada, de matar a los extranjeros. Todos lo creímos así y pensamos que lo
mejor que podía hacerse era apoderarnos de
aquellas víctimas y traerlas, como siempre, a la
diosa. En tanto, uno de los peregrinos dejó la
roca, se detuvo un poco, movió la cabeza a un
lado y a otro, gimió y su cuerpo se estremeció
como presa del delirio. Se debatió y gritaba como si estuviese viendo a las Furias, y nosotros,
aterrados y en silencio, permanecíamos quietos.
Y he aquí que él, en su locura, desenvainó la
espada y arremetió como un león a nuestros
bueyes, y los atravesó con su acero, creyendo
espantar a las Furias, hasta tal punto, que llegaba la sangre al mar. Entonces tocamos todos
nuestros caracoles marinos, para que viniese
gente en nuestra ayuda. Pronto nos reunimos
muchos pastores y otra gente y, juntando muchas piedras, le atacamos con ellas hasta derri-
barlo. El otro compañero, a quien el furioso
había llamado Pílades lo atendía, examinaba sus
heridas y le prodigaba los más tiernos cuidados.
De pronto, el furioso recobró el juicio, y al ver
la multitud de enemigos que le acometía, gimió,
presintiendo cuál iba a ser su fin triste. "Moriremos, Pílades —dijo entonces—, pero con honor.
Sígueme, esgrimiendo en tu diestra la espada."
Cuando les vimos adelantarse hacia nosotros con
sus armas desenvainadas, huimos y nos refugia-
mos en las frondosas selvas. Desde allí, cuando
podíamos, los cercábamos de nuevo, a pedra-
das y parece increíble que no les hiriéramos
mortalmente siendo ellos sólo dos, y nosotros

tantos. Con mucho trabajo, al fin logramos cauti- varlos, e hicimos caer las espadas de sus manos. Los llevamos a la presencia del rey y él, ¡oh sacerdotisa!, ordenó que se trajeran al templo, para que tú los preparases al sacrificio, purifi- cándolos.

Ifigenia, al saber la llegada de los extranjeros, y oir así la alabanza de su mucha belleza y su mucho valor, lloró lágrimas amargas. Porque le dolía, más que nada, que los griegos, fuesen sa- crificados.

Atadas sus manos con dobles lazos, los dos cautivos eran conducidos ya al templo. Ifigenia se conmovió mucho al contemplar su hermosura y pensar en la infausta suerte que les aguardaba, y les hizo desatar las manos, y les dirigió mil pre- guntas acerca de su cuna y su patria.

—No te compadezcas más de nosotros, mujer —dijo uno de ellos—. No es este lugar de com- pasión; conocemos los sacrificios que se celebran aquí.

Pero la sacerdotisa, deseosa de demorar lo más posible el sacrificio temido, siguió pregun- tando:

—¿Cuál de vosotros se llama Pílades?

—Este —respondió el más joven señalando a su compañero.

—Y tú ¿cómo te llamas? —preguntó Ifigenia al que había hablado.

—El único nombre que ahora me es dado llevar es el de infortunado.

—¿Por qué no contestas a lo que te pregunto? ¿Tan grande es tu orgullo?

—Matarán mi cuerpo, pero no mi nombre.

—¿Sois acaso hermanos, hijos de la misma madre?

—Ni de madre, ni de padre, pero sí, por la amistad, somos hermanos.

—¿En qué ciudad nacisteis?

—¿Para qué quieres, ¡oh mujer!, saberlo?

—Porque con ello me complacerías.

Entonces el extranjero accedió.

—Me envanezco —dijo— de tener por patria a la ínclita Argos.

Al oir Ifigenia que aquel extranjero era hijo de su propia patria y su propia ciudad, redobló sus preguntas, y pareciéndole ver en él a los suyos, y a su país, y a todo cuanto desde niña había amado, y aún amaba, no se cansaba de oírle hablar de aquellas gentes y aquellos lugares. Y por él supo cómo los griegos volvieron de Troya, cómo el adivino Calcas murió en Micenas, cómo el prudente Ulises, hijo de Laertes no había llegado aún a su patria, si bien se le creía vivo, cómo el hijo de la Nereida Thetis, el esforzado Aquiles de los pies ligeros, había muerto en la guerra de Troya.

Oyendo esta nueva Ifigenia lloró amargamente al recordar su himeneo frustrado de Aulide. Para justificar sus lágrimas con los extranjeros, les dijo que ella también era y que había salido de aquel bello país siendo jovencita.

Supo también Ifigenia, de boca de los extranjeros, la muerte de Agamenón y Clitemnestra, sus padres, y preguntó largamente por sus hermanas, y apenas se atrevía a preguntar por su hermano Orestes, el que más amaba. Al fin pronunció su nombre y los extranjeros le aseguraron que vivía aún. E Ifigenia comprendió que sus sueños eran falsos y se alegró de ello.

—Oíd, extranjeros —dijo la sacerdotisa, asaltada por una súbita idea—. Hasta ahora no he encontrado a nadie que volviera a mi patria y pudiera llevar cartas mías a mis amigos. Pero ya que tú —y se dirigía al decir esto al más joven— conoces mi patria y los que fueron un día los míos, puedo salvarte dándote esas cartas y el medio de huir, como premio. Tu compañero se quedará aquí para ser sacrificado y con ello se aplacarán el rey bárbaro y la sanguinaria diosa.

Pero el joven extranjero, se irguió ofendido.

—No, sacerdotisa —clamó—, no volveré yo a mi patria dejando que muera el que es más que mi amigo, mi hermano. Yo he sido quien aquí dirigió sus naves y él ha venido conmigo para compartir mis trabajos. Esas cartas que deseas mandar a Argos dáselas a él y que él sea quien se salve mientras yo aquí espero la muerte.

—Tu corazón generoso revela tu noble estirpe —dijo la doncella— ¡ojalá fuera así el único hermano que me queda!

Y se convino que Pílades volvería a Grecia para llevar las cartas de la sacerdotisa a los suyos, y que el otro joven que no quería decir su nombre sería el sacrificado. Tampoco Pílades quería dejar a su amigo, pero éste le obligó a que así se lo prometiera, diciéndole que debía regresar a la patria de ambos para relatar allí lo que había sucedido y velar por las hermanas de

Salieron los dos jóvenes del templo.

su amigo que tan solas quedaban. Y se despidieron los dos amigos derramando abundantes lágrimas.

Ifigenia hizo retirar a los esclavos que guardaban a los dos cautivos. Y fue a dar a Pílades las cartas.

—Temo que al regresar a Argos no te acuerdes de mi encargo —dijo al extranjero— y vengo a exigirte el juramento de que has de cumplirlo.

—Juraré —dijo Pílades— ¿Cómo he de decir?

Dijo así Ifigenia:

—"Juro entregar estas cartas a tus amigos."

—"Entregaré estas cartas a tus amigos", repitió Pílades.

—Yo, en cambio, te proporcionaré medio de alejarte de estas rocas funestas. Pero ¿y si me faltas al juramento?

—Por el venerado Júpiter que no vuelva nunca a mi patria. ¿Y si eres tú quien a él faltas, doncella?

—Que no vea nunca más la tierra de Argos. Y ahora voy a decirte —añadió Ifigenia— lo que las cartas dicen, para que pueda repetirlo a los míos tu lengua, si lo escrito en las tablillas se borrara, o éstas se perdieran.

Y con voz emocionada, mientras la escuchaban anhelantes los dos extranjeros, la sacerdotisa continuó diciendo:

—Al llegar a Argos, debes anunciar a Orestes, hijo de Agamenón, que estas cartas son de Ifigenia, la sacrificada en Aulide, que está viva, aunque no lo crean así los que allí habitan.

El joven que no quiso decir su nombre dio una gran voz, diciendo:

—Y ¿dónde está? ¿Resucitó acaso después de muerta?

—Yo soy Ifigenia a quien Diana salvó poniendo en el ara, y en lugar mío, una cierva. Pero no me interrumpas. Y tú, Pílades —que así sé que te llamas—, oye lo que dice mi carta: "Llévame de nuevo a Argos, ¡oh hermano mío!, sácame de esta tierra bárbara antes que muera y líbrame de las víctimas de la diosa sanguinaria en cuyo honor se sacrifica en este templo a los extranjeros." Este es el contenido de mi carta.

—Pronto estará en su destino ¡oh doncella! dijo Pílades. Y volviéndose a su compañero, con gran sorpresa de Ifigenia, añadió—: He aquí cómo llevo tu carta y te la entrego de parte de tu hermana, ¡oh Orestes!

El joven que no había querido decir su nombre y que no era otro que el hermano de Ifigenia, se abrazó a la doncella, que, al reconocerle, creía morir de alegría. Y él le demostró cómo era, en efecto, Orestes, dándole toda clase de detalles acerca del palacio de su padre, y de la vida que en él llevaban juntos en otros tiempos. Y aunque en aquella época era Orestes tan pequeñito que aún no sabía hablar, recordó también cómo, porque no fuera sacrificada en Aulide Ifigenia, se había él arrodillado a los pies de su padre, juntando suplicante las dos manecitas.

Pasados los primeros transportes de júbilo, el terror se apoderó de nuevo de los dos extranjeros y de la triste Ifigenia. Siendo ellos quienes eran, la doncella debía salvarlos y salvarse con ellos ya que, de no cumplir con el rito acostumbrado, se exponía al cruel castigo del rey de aquellas tierras, monarca sanguinario que, fingiendo honrar a la divinidad con los sacrificios humanos, satisfacía sus propios instintos crueles y hostiles a todo extranjero. Ifigenia, pues, propuso a Orestes y a su amigo Pílades, la huida, por cualquier medio que fuese.

Mas Orestes explicó entonces a Ifigenia cómo el oráculo de Delfos le había ordenado apoderarse de la estatua de oro de Diana y cómo, de no hacerlo, perecería por mandato de Apolo, no sólo él, Orestes, sin también todo su linaje. Los dos hermanos, y Pílades, el amigo fiel, trataron durante largo rato de cómo podrían escapar, llevándose la estatua de la diosa y burlando las iras del sanguinario rey Thoante. Y al fin Ifigenia, en quien el amor fraternal, aumentaba su natural astucia de mujer, propuso a los jóvenes un plan: ella diría al rey que aquellos extranjeros estaban manchados por haber cometido en su país espantosos crímenes, y que, de aquel modo, habían osado tocar la estatua de oro de la casta diosa. Para consumar el sacrificio sería preciso purificarlos, y no sólo a ellos, sino también a la estatua, en las aguas del mar, según costumbre de aquel tiempo y de aquel país. Una vez tuvieran la estatua en la playa, la subirían al bajel y en la misma nave huirían los tres.

Y he aquí que se hizo así. Ifigenia, rogó al rey que consintiese en la purificación y él accedió a ella por pedírsela la sacerdotisa. Y pidió también

Ifigenia que mientras la purificación se realizaba, no saliera nadie de su casa, para no contaminarse a la sola vista de los extranjeros.

Salieron los dos jóvenes del templo, cubiertos con fúnebres velos y cargados de cadenas que sostenían algunos esclavos. Detrás iba Ifigenia, la sacerdotisa, coronada de flores y llevando la estatua de la diosa en sus manos. Al llegar cerca del mar, la doncella pidió a los esclavos que dejasen en su mano las cadenas de los extranjeros, pues ella debía ser quien con las amargas aguas los rociara, y los esclavos hicieron lo que ella les ordenaba y se retiraron a unas cuevas que entre las rocas había y que ella les indicara.

Mas he aquí que como pasaba el tiempo y los esclavos no veían volver ni a la sacerdotisa ni a los extranjeros, temieron que éstos la hubiesen matado. Salieron, pues, los esclavos, de su refugio y vieron lo que nunca esperaron ver: el casco de una nave griega, bien provista de remos, que movía ya sus velas, y cincuenta marineros que los manejaban en sus bancos, mientras los dos jóvenes, libres de cadenas, se acercaban ya a popa. Unos sujetaban la proa con perchas, otros suspendían el áncora, otros arrimaban las escalas precipitadamente y tiraban cuerdas al mar, para que las cogieran los extranjeros. Al darse cuenta de lo que sucedía, los esclavos del rey Thoante trataron de impedirlo y quisieron luchar con los jóvenes. Ni unos ni otros llevaban espadas y peleaban con las manos, quedando al fin, vencedores los griegos. Terminada la lucha, Orestes cargó con su hermana en el hombro izquierdo y, trepando por las escalas, la depositó en la nave, juntamente con la estatua de Diana, que ella llevaba aún en sus manos, Y en el centro de la nave se oyó una sonora voz que gritaba: "¡Oh, remeros griegos! ¡Empuñad los remos y llenad de espuma las ondas!"

Y los remeros, con alegre murmullo azotaron las ondas. Los marineros aclamaron a la valerosa Ifigenia y, con sus robustos brazos, movieron a compás los remos. Incitada por Thoante, la diosa Diana desencadenó una tempestad.

Pero Minerva, la diosa de la sabiduría, se encargó de aplacarla, para que los helenos llegasen a puerto. Y cuenta la leyenda que, más tarde, se celebró el himeneo de Pílades e Ifigenia.

IV

EL CÍCLOPE

Ulises, el prudente y famoso rey de Itaca, regresaba de la guerra de Troya, adonde fue con otros muchos héroes, para recuperar a la raptada Helena, cuando una violenta tempestad empujó sus naves hacia las costas de Sicilia. Y como el hambre y la sed atormentaban a los que iban con Ulises y aun a Ulises mismo, el héroe dio a los suyos orden de internarse en tierra y buscar agua y alimento.

Y he aquí que estaban cansados de buscar sin encontrar nada cuando, a la entrada de una obscura caverna, cercana a un verde y húmedo prado, vieron multitud de sátiros jóvenes que rodeaban a otro más anciano. A ellos se dirigió el prudente Ulises.

—¿Podríais decirme —preguntó dirigiéndose al anciano— en dónde encontraremos algún río para apagar nuestra sed, y alguien que quiera vender víveres a estos navegantes hambrientos?

Contestó Sileno, que así se llamaba el anciano:

—A mal lugar vienes en busca de· remedio, ¡oh extranjero!, ¿no sabes que en estas cumbres no habitan hombres?

—¿A quién pertenece, pues, esta región —siguió preguntando Ulises—. ¿A las fieras acaso?

Y Sileno explicó:

—No, sino a algo peor. Pertenece a los cíclopes, gigantes que moran en obscuras cavernas, cuyo devorador apetito no tiene fin nunca y se satisface no sólo con la carne de sus ganados, sino también con la de los desventurados náufragos a quienes las olas arrojan hacia sus dominios.

El héroe que en Troya había dado tantas y tantas pruebas de valor y prudencia, tembló ante la idea de ser devorado por el cíclope, de quien había oído contar cosas tan terribles. Preguntó:

—¿Y es de un cíclope también esta caverna?

—De Polifemo, el más terrible de todos.

—¿Está ahora en la gruta?

—No, que fue al Etna a cazar fieras con sus perros.

Rogó Ulises a Sileno que le ayudase a salir de allí, pero el astuto viejo no consintió en ello. El héroe entonces suplicó de nuevo para que le vendieran algún alimento. Y como no llevaba moneda ninguna, ofreció al viejo una cuba de vino que quedaba todavía entre los restos del barco. Entonces el viejo, que era de antiguo adorador del dios Baco, dio a los griegos tiernos corderillos y quesos de leche cuajada, a cambio del dorado vino que la cuba de los marineros guardaba.

Mas he aquí que, cuando se había hecho el cambio y Sileno empezaba a embriagarse y los sátiros entonaban báquicas canciones y Ulises iba a proceder a la distribución de los víveres que Sileno le diera, retembló la tierra con los pasos del Cíclope que se acercaba.

Era Polifemo un gigante de tal corpulencia

que tocaba las cimas de los montes con sólo levantar la mano. Su aspecto era imponente y su único ojo colocado en mitad de la frente causaba espanto a quien lo miraba. Su bestial apetito era proporcionado a su colosal estatura y dedicaba a satisfacerlo su vida entera, así como la de los sátiros, sus esclavos. Al ver llegar al gigante tembló Sileno y sintió que su embriaguez se disipaba. Los griegos temblaron también y trataron de huir; por consejo de Sileno, Ulises se refugió dentro de la caverna del Cíclope.

Y llegó Polifemo adonde estaban sus esclavos. Ante todo pidió de comer y amenazó a Sileno y a sus hijos con la enorme maza que llevaba en la mano, si no le proporcionaban inmediatamente corderillos recién nacidos, quesos y leche abundante.

Y he aquí que, de pronto, el horrible Polifemo empezó a dar espantosos alaridos.

—¿Qué gente es esa que veo junto al establo? —gritaba advirtiendo la presencia de los griegos—. ¿Son piratas o ladrones? ¿Por qué veo entre ellos mis quesos y mis corderillos?

Para librarse de las iras del cíclope que, de saber que había vendido sus alimentos por una cuba de vino, le hubiese matado, Sileno empezó a decir cuantos embustes se le ocurrieron.

—Son ladrones ¡oh, Cíclope! —clamó refiriéndose siempre a los griegos— y aunque yo me opuse a que se llevaran tus bienes, se comieron tu queso y se disponían a llevarse tus corderillos cuando tú has entrado. Aseguraban que te habían de atar a un madero de tres codos, que te

sacarían las tripas y te harían dar mil azotes, que
después, bien sujeto, te llevarían a sus naves, y
te emplearían en mover piedras con palancas, o
en trabajar en un molino.

Al oir estas palabras el gigante se enfureció de
tal modo que no parecía sino que en la caverna
se hubiera desatado una violenta tempestad.

—¿Es posible que así haya hablado esa gente-
cilla? —gruñía. Y la gruta retumbaba a sus
voces—. ¡Pronto! Cortad muchas estacas puntia-
gudas y encended un buen fuego. No tardaré en
matarlos y pronto llenarán mi estómago. Me los
comeré, unos bien calentitos, recién sacados de
sobre las brasas, otros bien cocidos dentro del
puchero y sin ayuda de tenedor, ciertamente. Ya
me he cansado de la carne de león y de ciervo,
de los quesos y los corderillos. No me vendrá
ahora mal un banquete de carne humana.

Oyendo estas terribles palabras el prudente
Ulises, que tanto valor demostrara ante los muros de Troya, no podía menos que temblar. En
vano levantó su voz para tratar de persuadir al
Cíclope de que el viejo le había vendido aquellos
manjares por un tonel de vino. Polifemo no quiso escucharle.

No se arredró Ulises por ello y recordó al
Cíclope las muchas acciones heroicas que en su
vida había realizado y le relató con gran elocuencia todo el sitio de Troya, y le rogó que
refrenase su gula voraz, y no le devorase a él ni
a sus compañeros, ilustres griegos que por la
mar navegaban.

Pero Sileno, rencoroso y enojado porque Ulises había dicho la verdad a su señor, instigaba a éste a que se vengara del extranjero.

—Si comes su lengua, ¡oh Cíclope! —le decía— serás charlatán tan elocuente como él.

El Cíclope, que no necesitaba de tales consejos, decidió, pues, comerse a los griegos y así se lo participó sin rodeos.

Los hizo entrar en la oscura caverna, encendió fuego, arrojando al vasto hogar troncos de robusta encina, en cantidad suficiente para cargar tres carros. Después preparó junto a este fuego su lecho, con hojas de abeto que extendió en el suelo; llenó de blanca leche de vaca, ordeñada por su mano, un vaso que contendría unas diez ánforas, y puso a su alcance una inmensa copa de hiedra. Arrimó al fuego una caldera de bronce llena de agua y endureció en él la punta de los asadores.

Hechos estos preparativos, el odioso Polifemo se apoderó de dos marineros griegos, compañeros de Ulises y los mató; al uno lo asó en las brasas y al otro lo echó en la caldera para que se cociera. Y se los comió bonitamente, en menos tiempo del que se tarda en contarlo. Los otros marineros, aterrorizados, se refugiaban en las hendeduras de las cavernas; Ulises, viendo la desdichada suerte de sus hombres, derramaba abundantes lágrimas.

Y he aquí que Polifemo, calmado por un instante su voraz apetito, se abandonó al descanso. Tuvo entonces el astuto Ulises una feliz idea y fue la de ofrecerle una copa del vino que en el famoso tonel vendido a Sileno allí se encontraba.

Aceptó el Cíclope el ofrecimiento y, como jamás había probado el vino, lo halló delicioso. Y pidió a Ulises otra copa y otra y otra y otra, e iba cayendo en la mayor embriaguez, casi sin darse cuenta.

Empezó a cantar y a bailar y eran tales sus voces y sus saltos desatinados, que no sólo temblaba la caverna, sino también los montes y toda la tierra. Y aprovechando aquellos momentos, Ulises, el astuto, llamó a los hijos de Sileno y les confió su plan, para que ellos, además de los griegos, pudieran salvarse, si en él le ayudaban, del cruel Polifemo. Apenas habían acabado de darle su consentimiento y aclamarle todos cuando el Cíclope le llamó.

—Extranjero —le dijo— tú que posees este maravilloso licor es justo que me digas cómo he de llamarte.

—*Ninguno* —repuso Ulises— pero ¿quieres decirme cuál gracia vas a concederme por haberte hecho conocer los placeres del vino?

—Tú serás el último a quien devore.

Y Ulises tuvo que darle las gracias. Y siguió el gigante cantando sus horribles canciones y jugando con Sileno y sus hijos y tratando de bailar danzas báquicas. Al fin, rendido de tanto vino y tanta agitación, se quedó dormido.

Aquel era el momento que esperaba Ulises. Ayudado por los hijos de Sileno, arrebató del fuego el mayor tizón que allí ardía y blandiéndolo, de modo furioso, atravesó con él la frente del Cíclope, por el único ojo que Polifemo poseía.

...atravesó con él la frente del cíclope...

Un alarido tan horrible como si lo lanzasen todas las furias y los monstruos juntos, resonó en la caverna y en el mundo entero. El Cíclope se irguió en toda su colosal estatura y trató de defenderse, pero no supo por quién ni desde donde había sido atacado. ¡El tizón de Ulises había apagado la luz de su único ojo!

Tratando de encontrar a sus enemigos hirió su cabeza contra las rocas que formaban la caverna y cuando los cíclopes, sus hermanos, acudieron a socorrerle y le preguntaron quién le había cegado, contestó:

—*Ninguno* ha sido.

—¿Luego no estás ciego?

—¡Sí lo estoy! ¿En donde está *Ninguno*?

—En ninguna parte —le contestaban.

Y él seguía gimiendo.

—¡Me ha perdido *Ninguno*! ¡Me ha perdido *Ninguno*!

En tanto las naves de Ulises emprendían el rumbo de Itaca. Los hijos de Sileno iban también con el héroe esforzado, astuto y prudente.

V
IÓN

Cuentan que, en remotísimos tiempos de la Mitología griega, fue abandonado un niño recién nacido en la gruta de Macra. Descansaba en un cestillo redondo y, para que le guardasen, tenía a su lado dos dragones y ceñían su débil cuerpecito múltiples serpientes. Cuéntase también que este niño era hijo del mismo dios Apolo y de una mujer mortal, hija de un gran rey. Y que Apolo, al saber la triste suerte del pequeñito infante, llamó al poderoso Mercurio y le habló de este modo:

—Ve, ¡oh hermano!, a la ínclita Atenas, y llegándote a una gruta, que está en tal y tal lugar —aquí le dio todas las señas— saca al niño recién nacido que está dentro de la gruta, en el mismo cesto que lo contiene y sin tocar sus envolturas, llévalo a mi templo de Delfos, donde lo dejarás a la entrada, yo cuidaré de lo demás, pues has de saber ¡oh, Mercurio hermano! que ese niño es mi hijo.

Mercurio, que era el más astuto de todos los dioses, cumplió fielmente el encargo de Apolo. Penetró arteramente en la gruta, mató a los dragones, estranguló a las serpientes, y tomó en el mismo cestillo entretejido en que estaba, al tierno niño, que le tendía los bracitos, riendo y mirándole. Y después, ocultándole en su mágico manto, le llevó hasta Delfos y le dejó, de modo que se viera bien, a la puerta del templo.

Al amanecer, cuando la sacerdotisa que guardaba el templo iba a entrar en él, se sorprendió grandemente al ver allí aquel lindo cesto, y, más aún, cuando bajándose a recogerlo encontró en él a un precioso niño. Primero, indignada contra la mano irreverente que había osado llevar aquella criatura hasta la misma puerta del templo, quiso arrojarlo de allí, mas, mujer al fin, al ver la tierna sonrisa del infante y la gracia con que, amorosamente, le tendía los brazos, se arrepintió de su primer intento cruel y pensó que acaso el mismo dios protegía al niño y no consintió que nadie lo echase. Y llegó su bondad hasta adoptarlo y educarlo a su lado, en el templo.

Así, mientras Ión, —que así debía llamarse el infante recogido por Mercurio en la cueva— fue niño, vivió de las ofrendas del templo y merced a las bondades de la sacerdotisa, pasando el tiempo en alegres juegos, como la más feliz de las criaturas de su edad. Y cuando llegó a adolescente los habitantes de Delfos lo hicieron guardián del templo y de los tesoros del dios.

Y he aquí que cierto día en que el joven Ión se hallaba a las puertas del templo, barriéndolo con ramas de laurel y rociando su umbral con el agua de la fuente Castalia, vio venir hacia él un grupo de bellísimas extranjeras que, deteniéndose ante el templo, contemplaban sus hermosas pinturas y su arquitectura armoniosa. Tras ellas llegaba una dama regiamente vestida y de peregrina hermosura, pero cuyo rostro mostraba tan honda tristeza, que el adolescente no pudo menos de compadecerla. Acercóse a ella, y tomándole una mano entre las suyas, le preguntó con dulcísima voz:

—¿Por qué, ¡oh mujer!, siendo tan noble y bella, cierras los ojos dejando que lágrimas amarguísimas surquen tus mejillas, en vez de alegrarte como hacen cuantos miran el templo de Apolo?

La dama entonces le miró, enternecida y a su vez admiró la gallardía de aquel adolescente tan gentil. Repuso:

—No es extraño, ¡oh extranjero!, que te sorprendan mis lágrimas, dada mi condición y el lugar en que me encuentro. Mas es, precisamente, el templo y el nombre de Apolo el que ha evocado en mis antiguas memorias... Si no quieres atormentarme más aún de lo que mi pesar me atormenta, no me hagas más preguntas.

—Pero al menos —insistió Ión—, ¿no me dirás quién eres?, ¿de dónde has venido?, ¿cuál es tu patria? ¿Qué nombre he de darte?

La afligida dama, dijo entonces secándose las lágrimas:

—Mi nombre es Creusa y mi padre fue Erecteo, nieto de Vulcano y de la Tierra, mi patria es la ciudad de los atenienses.

Ión se inclinó en profunda reverencia:

—Ilustre, ¡oh mujer!, es la ciudad que habitas, y nobles los padres que te educaron. Yo te respeto.

Así hablando, hablando, la poderosa dama desahogó su pecho, comunicando, en parte, sus pesares a Ión, y éste, que la escuchaba embobado se enteró, entre otras cosas, de que Creusa estaba casada con Xutho, noble extranjero descendiente de Eolo y de Júpiter, a quien por haber sometido la Eubea, región próxima a Atenas, se le concedió la mano de Creusa, como premio a su heroicidad. Supo también que el héroe y su esposa habían llegado a aquellos lugares para suplicar al dios que les concediese un hijo.

—¿Nunca has tenido ninguno, mujer? —preguntó el adolescente.

—Sí —repuso ella—, tuve un niño hermoso como un sol, de mi anterior matrimonio. Pero te he rogado que no me preguntes. ¿Y tú? —preguntó la dama a su vez, contemplando al adolescente—, ¿quién eres? ¡Dichosa mil veces será tu madre!

—No la tengo —repuso Ión—. Soy y me llaman servidor de Gebo. Los que lo saben, dicen que me encontraron en este templo cuando todavía no hablaba.

—Y ¿cuál de las mujeres délficas te crió y educó?

—A la sacerdotisa de este templo miro como mi madre.

—Y ¿no has intentado saber quiénes son tus padres?

—No tengo el más leve indicio, ¡oh mujer!

—Parecido es tu destino al de una amiga que tengo, bello adolescente. Ella perdió a su hijo amado a poco de nacer éste y no ha vuelto a verlo jamás.

—¿Cuánto tiempo hará que desapareció ese niño?

—Tendría tu misma edad si viviera—. Ión permaneció pensativo un instante.

—¡Injusto fue con ella el dios! —clamó—. ¡Pobre madre!

La dama continuó relatando la historia de su amiga, que no era otra que la suya propia.

—No tuvo más hijos mi amiga —dijo—, mas como insiste en creer que su primer esposo fue el mismísimo Apolo, teme que el dios le haya arrebatado al niño para hacerse cargo de él y por ello envía a que yo se lo pregunte al oráculo de Delfos.

Y en esto se adelantaba hacia el templo Xutho el héroe esposo de Creusa, que llegaba acompañado de un gran séquito de amigos y hombres armados.

—Vamos, esposa —dijo a Creusa—, entremos en el templo y supliquemos para que desde aquí, según me han profetizado, lleve a mi patria una prole feliz.

Entraron en el templo. Sin saber por qué, Ión no podía apartar de su pensamiento la imagen de la hermosa dama extranjera, ni el recuerdo de sus enigmáticas palabras. Hubiera querido entrar en el templo y saber lo que el oráculo diría a Xutho respecto de su descendencia, pero como su deber estaba en cuidar la sagrada morada por fuera, no por dentro, no osó faltar a su deber por realizar su deseo. Mas el corazón no dejaba de latirle, y hubiera querido estar, a un tiempo, fuera y dentro.

Por ello, al ver a Xutho, que salía, alegremente del templo, no pudo por menos de lanzarse ávidamente a su encuentro. ¡Cuál no sería su sorpresa al ver que el extranjero se dirigía hacia él con los brazos, y estrechándole contra su pecho, le decía!

—¡Salve, oh hijo!, que éstas deben ser mis primeras palabras.

Mas, pasados los primeros instantes de sorpresa, Ión se hizo atrás, separándose, casi a la fuerza del extranjero.

—¿Por qué me huyes —preguntó Xutho—, cuando debo ser para ti aquél a quién más ames?

—Porque temo que hayas perdido el juicio —repuso con entera franqueza el adolescente.

—No es así, tranquilízate —respondió el guerrero—. Si hubieras entrado en el templo conmigo, sabrías cómo avancé solo hacia el trípode, y aguardé las palabras del oráculo. Mi esposa Creusa, no pudo escucharlo porque, medio desmayada, tuvo que salir del templo apoyada en sus fieles esclavas. Cuando el oráculo del dios habló, sus primeras palabras fueron que "aquel que viniese a mi encuentro al salir yo del templo del dios, debía por mí ser considerado como hijo." El dios quiere, pues, que yo sea tu padre, y es nuestro deber someternos a su voluntad.

Al saber Ión que era Apolo mismo quien le ordenaba considerarse hijo del extranjero, dejó que éste le abrazara y aún le correspondió de muy buen grado, abrazándole a su vez.

—Ahora —dijo Xutho— dejarás estos lugares y vendrás conmigo a Atenas donde te aguardan cetro venturoso y grandes riquezas; allí serás noble y poderoso.

Ión no se mostraba todo lo contento que Xutho hubiese querido. Bajaba la cabeza, guardando silencio. Al fin dijo:

—Yo no sé lo que me aguarda en Atenas, pero sí sé que aquí gozaba del bien del descanso, tan amado de los mortales; pocos cuidados me inquietan: ningún criminal me estorbaba el paso, que no es tolerable cederlo a los que valen menos que nosotros. Pasaba mi vida orando a los dioses o hablando con los hombres, y servía a los buenos y alegres, no a los llorosos. Cuando despedía a unos extranjeros, otros venían y yo era amable para ellos, como ellos para mí. El respeto a la ley y su índole bondadosa me han conservado justo ante el dios, que es la mayor dicha a que aspiro. En cambio en tu corte, rodeado de riquezas y sentado en un trono, ¿sé lo que me espera en donde han de considerarme extranjero?, ¿sé acaso cómo me recibirá tu esposa, que no tiene y desea hijos propios?

Pero Xutho no quiso escuchar estos prudentes temores de Ión, y entusiasmado como estaba, con la idea de que aquel bello adolescente fuera de allí en adelante su hijo, hizo preparar todo lo necesario para el regreso a Atenas, en donde los aguardaban toda clase de pompas y honores.

Y he aquí que sucedió todo tal como Ión lo había temido, y Creusa, siempre deseosa de tener hijos propios o de encontrar al que, tan niño había perdido, al saber que su esposo había adoptado como hijo, al doncel que guardaba el templo, quien, después de todo, no era sino un extranjero desconocido, puso el grito en el cielo y lloró amargamente.

Atormentada por este dolor, fue a consultar con el pedagogo que la había instruido de niña, y que era hombre de malos sentimientos, y, además, no quería bien a Xutho.

—Haces bien, en alarmarte, señora —le dijo el pedagogo—, ante la adopción de ese extranjero al que tu marido da el nombre de hijo. Ningún bien puede venirte de que un jovencillo obscuro, que ni a su madre conoce, que será acaso hijo de una esclava cualquiera, vaya a mandar en tu palacio. Su buen porte y su aparente suavidad, sin duda le conquistarán bien pronto el favor de tu marido, lo que hará a éste apartarse de ti. Apresúrate, ¡oh mujer!, a matar con el puñal o el veneno a tu marido o a su hijo adoptivo, antes de que ellos lo hagan contigo, pues es cosa sabida que cuando dos enemigos viven bajo un mismo techo, al uno o al otro amenaza grave peligro.

Creusa, que era buena, se estremeció al escuchar esta horrible proposición, pero el pedagogo insistió, diciéndole que él la ayudaría. Entonces, deshecha en lágrimas, Creusa le contó toda su historia, diciéndole cómo se había unido en primeras nupcias a un bellísimo extranjero, que no era otro que el mismísimo Apolo a quien ella no reconoció hasta el día siguiente de casada y que, al verse reconocido por aquella mortal, su esposa, había desaparecido para siempre. Dijo también Creusa al pedagogo que de aquella unión había nacido un niño tan hermoso como su padre, pero que, a poco de nacer, alguien lo había robado de su lado, sin que jamás le fuera dado saber de él. Y ahora, después de largos años de matrimonio con Xutho, cuando ambos habían ido al templo para rogar que les fuese concedido un hijo, el oráculo hacía a Xutho adoptar a un desconocido, hijo de otra mujer. Creusa no podía contener los sollozos, ni mitigar su pena.

Al conocer la triste historia de Creusa, el pedagogo insistió más que nunca en la necesidad de matar al joven desconocido.

—Si un día tu hijo apareciese, cosa que muy bien pudiera suceder —insinuó a Creusa—, este mozo adoptado por tu marido le quitaría todos sus derechos, y tu hijo viviría en la miseria, mientras al lado de Xutho, sería poderoso Ión. Tendrías entonces el remordimiento de haber sido una mala madre. ¡Es preciso que muera Ión!

Y tanto y tanto dijo el pedagogo, que la pobre mujer, ofuscada por sus pérfidas palabras, accedió a lo que él le proponía. El pedagogo le dictó todo un plan.

—He oído decir, pues ello corrió en su tiempo de boca en boca, que posees, mujer, dos gotas de sangre de la Gorgona que heredaste de tu padre —dijo a Creusa.

—Así es —contestó ella, y él, a su vez, las había heredado del suyo.

—Corre también la voz —continuó el pedagogo— de que una de esas dos gotas ahuyenta las enfermedades e infunde nueva vida, mientras que la otra mata instantáneamente.

—Es cierto —asintió de nuevo Creusa—. Con esas dos gotas de sangre tengo en mis manos la muerte y la vida de aquel que me sea aborrecible o querido.

Entonces el pedagogo convenció a Creusa de que debía darle la gota de sangre que tenía el poder de causar la muerte, ya que él se encargaría de echarla en la copa del joven Ión durante el banquete que en su honor debía darse aquella noche. Y convinieron en ello, y se separaron.

Y he aquí que llegó el momento del banquete. Celebróse en una gran tienda o tabernáculo que el mismo Ión formó y que consistía en un espacio rectangular de cien pies de largo por cada lado y cuya superficie era de diez mil pies cuadrados, cerrado por fuertes pilares y magníficos tapices del tesoro de Apolo, que eran una verdadera maravilla y que representaban, unos las más famosas leyendas de la Mitología; otros, las victorias de los griegos sobre los pueblos bárbaros. Una vez estuvo el tabernáculo arreglado, fue convidado al banquete todo el pueblo de Delfos. Al objeto un heraldo tocó el clarín, y después, poniéndose sobre las puntas de los pies, invitó al banquete a todos los ciudadanos que quisieran asistir.

Asistió un gran gentío, y Xutho y su hijo adoptivo, Ión, el adolescente, ocuparon la presidencia. Creusa se excusó pretextando una leve indisposición. Se llenaron las copas, se adornaron los comensales con floridas coronas, y gustaron deleitosos manjares. A la mitad del festín, se adelantó hasta la mesa un anciano que empezó a servir a los convidados con la mayor oficiosidad. Les ofrecía agua de las urnas para lavarse y los perfumaba con mirra, presentándoles al mismo tiempo doradas copas para que bebieran. Este anciano no era otro que el pedagogo, que ofreció a Ión la más bella copa, cincelada de oro y plata, en la que previamente había echado el activo veneno.

Mas sucedió que cuando todos los invitados tenían la copa en la mano para esta última libación, uno de los servidores pronunció una palabra de las que entonces eran consideradas como de mal agüero en tales casos, y como criado en el templo y entre los sacerdotes y adivinos, arrojó el vino al suelo en honor de la Tierra, y ordenó a los demás que lo imitaran. Así lo hicieron todos y reinó un momento de silencio; después volvieron a llenarse las copas.

Pero antes de que los comensales las acercaran siquiera a sus labios, penetró en la tienda una bandada de ligeras palomas, de las que en el templo habitaban, e, inclinando a la tierra sus cuellos cubiertos de pluma apuraron el vino que había sido derramado en el suelo.

Y he aquí que todas remontaron el vuelo tras la libación, excepto la que se posara en el sitio donde Ión había derramado su copa. El desgraciado animalito, no bien hubo saciado allí su sed, comenzó a temblar y a estremecerse, lanzando un tan triste arrullo que más bien semejaba un gemido; los convidados todos permanecieron un

momento suspensos contemplando sus sufri-
mientos y, al fin, la vieron morir presa de con-
vulsiones horribles.

Ión entonces comprendió cómo el vino de su
copa, que él en aquel lugar había derramado,
estaba envenenado, y rasgando sus vestiduras,
exclamó con voz potente:

—¿Quién ha intentado envenenarme? Tú debes saberlo, anciano, pues que tú fuiste quien me
dio la copa.

Y esto diciendo, sujetaba al pedagogo con sus
fuertes brazos.

Entonces el pedagogo, que, como todos los
traidores, era cobarde, y no se encontraba muy
a gusto entre los robustos brazos del adolescente,
rogó y suplicó que le soltasen, pues él no tenía
culpa, siendo Creusa quien le había obligado a
que cometiera aquel horrible delito contra el
joven adoptado por su marido.

Al oir esto los varones de Delfos, sin escuchar
siquiera las protestas de Xutho que no podía
creer a su esposa capaz de tal crimen, decretaron
que Creusa fuese precipitada al abismo desde
una alta roca, por haber pretendido dar muerte
a un varón tan amado de todos. Y como Creusa
no estaba en el banquete, salieron en su busca
precedidos de Ión, que iba con la espada desen-
vainada.

Las esclavas de Creusa, que escucharon la triste suerte que a su señora aguardaba, corrieron
en su busca para prevenirla. La infeliz mujer,
que, desde que se separara del pedagogo no había dejado un momento de llorar, arrepentida

de haber puesto en sus manos el terrible veneno,
salió, desolada, del lugar en que se hallaba, y
corrió a refugiarse en el templo. Acogida al ara,
lugar sagrado, donde ni la justicia podía obrar
contra el que allí se amparaba, la encontraron
sus perseguidores.

Con las espadas desenvainadas llegaban, e Ión
iba al frente de ellos.

—¿Por qué has intentado envenenarme, mujer? —dijo con dulzura el adolescente—. ¿Qué
mal te hice nunca?

Ella bajó la cabeza y, al fin, respondió:

—Creí que eras enemigo de mi familia.

—¿Y no temes ser castigada?

—Lo merezco y lo aguardo —respondió ella.

Entonces los nobles de Delfos, que seguían a
Ión, empezaron a murmurar: ¿A qué tantas con-
templaciones? "Mátala de una vez."

Ión iba a dar un paso hacia la infeliz mujer,
cuando he aquí que aparece la sacerdotisa que,
de niño, había recogido a Ión, y le dice:

—Detente, hijo mío, pues así me agrada llamarte, aunque no sea yo quien te dio vida; no
realices un crimen mayor del que contigo inten-
taron; no seas cruel y abandona este templo sin
rencor ni odio, para encaminarte a Atenas con
toda pureza. Mas antes, escúchame: ¿ves este cestillo que traigo debajo de los brazos?

—Sí. Veo un viejo cesto envuelto en lienzos
muy finos y blancos.

—Es la cuna que te acogió al nacer. En él se
hallan también las fajas que te ceñían —declaró
solemnemente la sacerdotisa—. Apolo me lo ha

entregado todo con orden de que te sirvas de
ello para encontrar a tu madre, que acaso no se
encuentre lejos de aquí.

Al ver aquellos objetos y oir el deseo del dios,
que le ordenaba buscar a su madre, Ión tembló
de gozo, y casi olvidó a la infeliz mujer, a quien
perseguía. No hacía más que mirar y remirar el
cestillo y lo cubría de tiernos besos recordando
que sobre él había puesto su madre sus manos.

Mas he aquí que, al observar, curiosa, los extre-
mos que Ión hacía, Creusa reparó en el cestillo
que la sacerdotisa había entregado al adolescente y vio que era el mismo que había servido de
cuna de su hijo y que, al mismo tiempo que él
había desaparecido... Y entonces, al oir a Ión
decir que aquella era su cuna y aquellas sus
fajas, la desdichada Creusa olvidó todos sus pesares y comprendió que aquél era su adorado
hijo.

Se lanzó a abrazarlo y él sintió también impul-
sos de correr hacia ella, pero, recordando las
palabras del pedagogo, y cómo según ellas aquella mujer había intentado envenenarle, se hizo
atrás.

—Mujer —dijo—, no finjas por salvar la vida;
no recurras a tales artificios, ni digas lo que no
has de poder probar.

—Exígeme, hijo, la prueba que quieras.

Ión reflexionó un instante. Dijo, después:

—¿Está vació este cesto o contiene algo?

—Contiene los vestidos que llevabas cuando
de mi lado desapareciste.

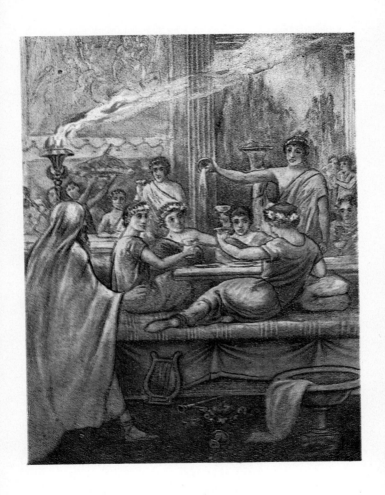

...arrojó el vino al suelo en honor...

Ión miró dentro del cesto, y halló, en efecto, los infantiles vestidos.

—¿Qué más hay? —preguntó.

—La tela que mis manos virginales tejieron —respondió Creusa—. No está bien acabada y debe conocerse que la lanzadera que la tejió era inexperta.

—Así parece ser —dijo Ión indeciso— pero yo no entiendo bastante de telas para apreciar lo que dices ¿no podrías relatar lo que en esta se representa?

—El estambre finge la figura de la Gorgona y su cabeza está coronada de serpientes.

—Así es. He aquí esa tela que es tal como dices —asintió Ión mostrándola—. ¿Hay alguna otra señal?

—Sí —repuso, cada vez más conmovida, Creusa—; debe haber prendidos en esas ropas, dos brillantes dragones de oro macizo, que debían adornar tu cándido cuello de recién nacido.

—Aquí están, en efecto. Y ahora dime, ¿no habrá una tercera señal?

—Sí, debe haber también una corona de olivas, primera que plantó Minerva en la ciudadela y que, si aún existe, como es inmortal, no pierde nunca el verdor de sus hojas.

Ión entonces se arrojó en brazos de Creusa, en quien reconoció a su madre verdadera.

—¡Oh, madre muy querida! —clamó—. ¡Con cuánto gozo contemplo tus ojos amados y beso tus mejillas!

—Pues ¿y yo? —decía Creusa—. ¿Cómo podré expresarte mi gran alegría? ¿Qué diré para llenar con mi gozo los espacios del aire resplandeciente? ¡Y pensar que, vencida por el miedo de que tú a ti mismo te desheredaras, te entregué, aunque contra mi voluntad a la muerte!

—¡Y pensar, madre, que estuviste a punto de perecer a mis manos impías!

Y así la madre y el hijo, unidos de nuevo y reconciliados, no se cansaban de contemplarse y de prodigarse las frases más tiernas. ¡Cuál no sería la sorpresa de Xutho, al hallarlos en amable coloquio, cuando corría a salvar a su esposa de las justas iras de su hijo adoptivo! Creusa refirió a Xutho como aquél era su hijo verdadero que había perdido. Y desde entonces lo fue de los dos.

Volvieron a Atenas, y, más tarde, Ión fue rey de un gran país y dio origen a la famosa estirpe de los jonios.

ÍNDICE

ESTA OBRA SE ACABÓ DE IMPRIMIR
EL DÍA 10 DE NOVIEMBRE DE 1993, EN LOS TALLERES DE

OFFSET UNIVERSAL, S. A.
Calle 2, 113-2, Granjas San Antonio
09070, México, D. F.

LA EDICIÓN CONSTA DE 3,000 EJEMPLARES
MÁS SOBRANTES PARA REPOSICIÓN

"BIBLIOTECA JUVENIL PORRUA"

— MAS OBRAS EN PREPARACION —

PRECIOS SUJETOS A CAMBIO SIN PREVIO AVISO